김해연의

동행

김해연의 동행

초판 1쇄 인쇄 2020년 1월 5일
초판 1쇄 발행 2020년 1월 10일

지은이 김해연
펴낸이 정해종

펴낸곳 펌프킨
출판등록 2018년 4월 30일 제2018-000126호
주소 서울특별시 마포구 양화로 12길 8-9, 2층
전자우편 info@parambook.co.kr **인스타그램** @param.book
페이스북 www.facebook.com/parambook/ **네이버 포스트** m.post.naver.com/parambook
대표전화 (편집) 02-2038-2633 (마케팅) 070-4353-0561
펌프킨은 (주)파람북의 생활 문화 브랜드입니다.

ISBN 979-11-90052-17-7 03800
책값은 뒤표지에 있습니다.

이 도서의 국립중앙도서관 출판시도서목록(CIP)은 서지정보유통지원시스템 홈페이지(http://seoji.nl.go.kr)와
국가자료공동목록시스템(http://www.nl.go.kr/kolisnet)에서 이용하실 수 있습니다.(CIP 제어번호: CIP2019053558)

김해연의
동행

김해연 지음

펌프킨

수청무대어(水淸無大魚)?
맑은 바다엔 거대한 고래가 산다!

자기 마음에 섬 하나를 갖지 못한 사람은 얼마나 공허하겠는가? 1983년, 거제도에 체류하는 동안 발견한 지심도는 잊을 수 없는 섬이다. 글을 쓴다는 명목으로 대우조선소의 초대로 거제도에 머물렀다가 그 섬을 '발견'했다. 오늘까지 지심도는 나에게 사랑의 발견과 확인과 재생의 뜻을 일깨워준다. 항상 '초심'을 잃지 않는 마음가짐을 아로새겨주는 '사랑'이다.

10여 년 전, 거제문화예술회관에서 기획한 문학 그림책 『지심도 사랑을 품다』 발간과 전시회, 청마 유치환 탄생 100주년 기념 '책을 읽자' 캠페인으로 다시 찾은 지심도는 예나 제나 우거진 원시림의 동백나무들이 경탄스러웠다. 거제도와 지심도에서의 체험으로 몇 편의 소설을 썼는데 문학상 수상의 영광도 있었고, MBC 드라마로 방영도 되었다.

소설에 언급했듯 팔색조는 거제도의 작은 섬 지심도를 통해 '처음' 알았고, 엉겅퀴는 포로수용소 언덕길을 통해 이제와는 '달리' 알았다. 물론 우리 남해안 식생의 공통분모인 동백꽃이 더욱 깊고 붉은 꽃으로 인식되어 있지만, 팔색조와 엉겅퀴는 내게 와서 내 것이 되었으며, 다시 상징으로 떠올랐다. 그래서 거제도, 지심도는 내게 뜻깊은 섬이다.

김해연 경남미래발전연구소 이사장과의 인연은 동백섬 지심도, 대우조선 김우중 회장 등에서 겹친다. 그는 대통령 별장이 있는 저도를 거제시에 돌려 달라는 제안을 최초로 하고 시민들과 함께 운동을 벌였다고 했다. 거제시의회 발언, 청와대 민원 등으로 진해 해군기지 사령관이 저도는 군사상 중요한 곳이라 어려우니 지심도를 개방해주면 안 되겠냐고 했다고 한다. 그렇게 지심도가 일반에 개방됐고, 최근에 국방부에서 거제시로 이관되어 일제강점기 때 일본군이 섬 주민을 내쫓고 군사기지화한 이후 81년 만에 시민의 품으로 돌아왔다.

지심도는 내 문학의, 사랑의 이정표를 세운 섬이다. 지심도가 지역경제 활성화란 명분으로 주민보다 관광객 유치와 계량화에 매몰된 우리나라 관광 마케팅의 문제점을 극복하고 생태

환경과 문화예술이 잘 융합된 자연친화적인 '문학섬'으로 개발되길 소망해본다.

　　김해연 이사장의 지역을 향한 애향심과 어려운 이웃을 위한 불인지심(不忍之心)으로 걸어온 길에 대해 들으면 '진실, 청렴, 정직'이란 단어가 떠오른다. 포로수용소에서 다시 발견했던 강인한 생명력의 엉겅퀴 꽃말 '엄격', 지심도의 붉은 동백꽃의 '진실한 사랑'이 연상된다. 그가 자서전『김해연의 동행』을 시작으로 대한민국과 거제시를 위한 장도에 나선다고 한다.

　　'수청무대어(水淸無大魚)'. 맑은 물에 큰 고기가 없다는 뜻이다. 아니다. 맑은 바다엔 거대한 고래가 산다. 이젠 정치라는 맑은 물에 큰 고기들이 살게 해야 한다. 깨어있는 국민의 몫이다. 다산 정약용의『목민심서』가 그의 애독서라니 정치 지도자로서의 덕목과 품성도 믿음이 간다. 열정적으로 살아온 그의 인생철학과 문화 마인드가 담긴 저서의 출간을 진심으로 축하하며 추천한다.

윤후명 소설가

거제의 용감한 도전을 바라며

거제 사람들의 삶에는 한국 조선업의 역사가 고스란히 담겨 있습니다. 우리나라의 조선 산업이 90년대 확장기를 거쳐 2000년부터 세계 1위로 올라섰을 때, '세계 조선업의 수도'로 불리던 거제 경제는 끄떡없을 줄 알았습니다.

하지만 우리 조선산업은 북유럽 선진국의 설계와 기자재 기술의 발전, 중국과 일본 조선업계의 성장으로 어려움에 직면했습니다. 거제 조선업의 위기는 곧 '거제 중공업 가족'의 위기가 됐고, 이는 결국 '거제 지역경제의 위기'로 확산됐습니다.

지금 거제는 변화와 혁신이 필요한 시점입니다.

거제도가 우리나라에서 두 번째로 큰 섬인 만큼, 거제시의 경제를 뒷받침하는 또 다른 산업을 발굴하고 육성해야 합니다. 거가대교 덕분에 관광산업을 키울 수도 있고, 해외 바이어들의 방문이 잦으므로 마이스(MICE) 산업이 거제의 미래가 될 수도 있습니다.

김해연 이사장은 변화와 혁신이 필요한 거제의 내일을 위해 쉼 없이 달려왔습니다. 조선업이 꽃 피던 거제의 활황기에 현장에서 일하며 중공업의 가족이 됐고, 거제 노동자와 그 가족들의 삶을 이해하고 나누고자 노력해왔습니다. 그렇게 살아오며 다듬어진 삶의 철학과 거제도에 대한 고민을 압축해 담아낸 궤적이 바로 이 책입니다.

김해연 이사장의 삶이 거제의 부활을 위한 든든한 동력이 되기를 바라며, '살고 싶은 거제도'를 꿈꾸시는 분께 『김해연의 동행』을 권합니다.

박원순 서울시장

김해연의 동행, 국민을 위한 진심을 만나다

'김민자'. 어떤 분의 성함이라고 생각할지도 모르지만 이는 김해연 경남미래발전연구소 이사장이 경남도의원 시절에 얻은 별명입니다. 흔히 줄여서 '민자'라고 부르는 민간투자 사업들에 대해 끊임없이 문제를 제기하고, 사업 재구조화 등을 통해 결국 국민의 혈세를 지켜내었던 그의 활동 덕분입니다. 대표적으로 마창대교와 거가대교의 문제는 민자 사업의 최소운영수입보장 (MRG)의 문제에 대해 전국적으로 알리는 계기가 되었고, 경남 도민들의 많은 혈세를 지켜주었습니다. 경남도지사로서 그의 활동을 지켜보고, 또 함께하면서 그가 얼마나 뜨거운 사람인지 알았습니다. 그 정도 했으면 충분하다 싶을 때에도 어느새 그는 그 이상을 보면서 뛰고 있었습니다.

저는 김해연 전의원을 오래 전부터 잘 알고 지냈습니다. 특히 제가 경남도지사를 할 때 누구보다 저를 챙겨주기도 했습니다. 당시 59명의 도의원들 중에서 절대다수가 자유한국당 소속이었기에 저의 개혁정책을 실천할 수 없는 상황이었지만, 야권 성향의 민주당, 민주노동당, 진보신당과 무소속 도의원들을 규합하여 18명으로 민주개혁연대라는 교섭단체의 대표를 맡아 저를 지원해 주었습니다.

그 덕분에 야심차게 지방분권 개념으로 시, 군의 특색사업으로 추진했던 모자이크사업이나 각종 관행 개선사업, 개혁정책을 추진할 수 있는 힘의 원동력을 얻게 되었습니다. 특히 거가대교 통행료 인하와 접속도로 부실공사 시정 활동, 김해관광유통단지 특혜 문제 제기는 경남도와 저에게 신선한 충격을 주기도 했습니다. 그리고 건설업체에서 이 과정에서 많은 로비가 있었지만 굳건하게 활동한 소신 있는 정치인이기도 했습니다. 그래서 가장 지근거리에서 본 경남도청 공무원들이 선정하는 베스트 의원에 연속 3년간 선정되기도 했습니다. 이런 일은 거의 불가능한 일입니다.

이번 저서를 통해, 끝없이 현장과 의회를 오가며, 도민을 위한 일이라면 끈질기게 문제를 해결해 냈던 저자의 진심을 만나실 수 있을 것입니다. 또한 "정치는 사람 할 것이 못 된다"며 정치를 하지 않으려 했던 그가 정치인이 되는 과정과 정치인으로서 최선을 다했던 여정들을 만나게 되실 것입니다.

제가 정치에 몸담고 있다 보니 많은 정치인들을 만나고, 그들과 생활하는 것이 일상이기도 합니다. 그러는 동안 깨달은 것은, 가장 필요한 정치인은 유능하고 미래를 예측하고, 특히 소통하고 화합할 수 있는 정치인이라는 것입니다. 김해연 이사장이 그런 정치인입니다.

'제1의 고향이 거제'라고 말하는 그의 거제에 대한 애정과 문제해결의 모범 사례들이 거제의 어려움을 극복하는 소중한 밑거름이 되기를 기대합니다. 저도 언제나 거제와 경남이 재도약할 수 있도록 최선을 다하겠습니다. 감사합니다.

김두관 국회의원(전 경남도지사)

그의 열정과 지역을 사랑하는 마음을 읽다

존경하는 거제 시민 여러분, 반갑습니다. 저는 대한민국의 민주화를 위해 노력했던 송기인 신부입니다.

지난 세월, 좋은 것도 많았지만 한편으론 군부독재와 민주화를 위한 투쟁의 시간이기도 했습니다. 많은 사람이 억울하게 감옥살이를 해야 했고 언론은 억눌릴 수밖에 없었던 시절이기도 했습니다. 동트기 전, 가장 짙은 어둠의 시기였다고 생각합니다.

민주화를 이루어낸 우리에게 이제, 민족의 밝은 미래가 다가오고 있습니다. 최근 남북 화해 분위기가 조성되고 있습니다. 우리 민족에게 희망과 번영의 시간이 다가온다고 확신합니다. 우리 민족은 통일을 통해서 남과 북이 공동 번성하게 될 것입니다.

거제 시민 여러분, 다가올 번영의 시기를 함께할 사람으로 김해연 이사장을 추천합니다. 저는 김해연 이사장을 과거부터 오래 알아왔고, 미력한 힘이나마 항상 성원하고 있습니다. 다들 아시다시피, 그는 거제시의원, 경남도의원 시절에 빛나는 역할을 했습니다. 거제시정과 경남도정을 누구보다 올바르게 이끌려고 노력했고 또 민의의 대변자로서도 그 역할을 충실하게 해냈습니다. 특히 도의원 시절에는 민자 사업을 철저히 감시한 활약에 대해 경남과 부산뿐 아니라 전국에서도 알게 됐고, 그의 활동을 의정 활동의 교과서처럼 여기기도 했습니다.

최근, 김해연 이사장이 대우조선 매각 문제로 지역 산업이 걱정된다며 제게 찾아왔습니다. 제가 귀찮을 정도로 자기 의견을 논리적으로 설명하며 대우조선 매각 반대를, 꼭 문재인 대통령에게 건의해달라고 요청했습니다. 그의 열정적인 모습에서 지역을 사랑하는 깊은 마음을 읽을 수 있었습니다. 저는 정치를 떠나 있기에 잘은 모르지만, 국회의원은 국가와 지역 사랑이 강한 사람이 되어야 한다고 생각합니다. 저는 김해연 이사장이 바로 그런 사람이라고 확신합니다.

송기인 신부(부마민주항쟁기념재단 이사장)

손과 발이 믿음직한 거제 청년, 김해연

거제에서 청춘을 살았던 김해연은 아직 청년처럼 보입니다. '힘없는 사람들의 힘이 되리라'는 푸른 꿈이 그를 젊게 하나 봅니다.

어떠한 번듯한 정치적 이력보다, 어떠한 화려한 말보다 믿음직한 것은 그의 손과 발입니다. 그는 먹고살기 위해서 땀 흘려 일해본 사람이고, 현장을 누비며 발바닥으로 일하는 정치인이기 때문입니다.

김해연은 거제에서 소중하게 지키고 키워내야 할 큰 재목입니다. 항상 노동자, 약자의 편에서 한결같이 살아온 김해연 전 도의원의 자서전 『김해연의 동행』 출간을 진심으로 축하드립니다.

김진주 작가(박노해 시인 부인)

옥포만을 바라보며

탁 트인 풍광을 보며 바람맞는 걸 좋아한다. 여러 가지 상념으로 머릿속이 어지러울 때면 옥포대첩공원을 자주 찾는다. 기념탑 아래에서 한참 동안 옥포만을 바라보다 보면, 뒤엉킨 생각들이 어느새 제자리를 찾기 때문이다.

이순신 장군과 옥포해전

옥포만은 임진왜란 때 이순신 장군이 처음으로 왜적을 섬멸한 곳이다. 일본 수군의 배 26척을 침몰시켰고 왜군에 잡혀 있던 조선인 포로들을 구해냈다. 이순신 장군의 첫 승리이자 임진왜란 발발 후 조선의 첫 승전이었다. 갑판에서 전두지휘하는 이

순신 장군의 모습, 화승과 총포의 불꽃과 화살이 난무하는 모습, 혼비백산해 달아나는 왜선의 모습을 상상하다 보면 복잡한 생각들은 사라지고 가슴이 벅차오른다.

임진왜란 때 조선의 목선들이 왜선을 맹렬한 기세로 몰아붙였던 그 바다에, 지금은 조선소의 거대한 선박들이 떠 있다. 삼면이 바다로 둘러싸인 옥포만은 수심이 깊고 간만의 차가 적어

조선소가 입지할 수 있는 천혜의 조건을 갖고 있다. 옥포만에 대우해양조선의 전신인 옥포조선소가 처음 준공된 해는 1981년이다.

옥포만에서 시작한 조선소 노동자의 삶

임진왜란사와 한국해양조선사에서 역사적인 처음을 함께한 옥포만은 내게도 '처음'의 의미가 깊은 곳이다. 1984년 8월 1일. 19살 까까머리 고등학교 3학년이었던 나는 대우조선에 실습생으로 들어가면서 사회에 첫발을 내디뎠다. 한여름의 내리쬐는 땡볕 아래, 선박 블록에 붙어서 표면을 갈아내는 그라인더 작업을 하는 게 내가 맡은 첫 번째 일이었다. 성년도 채 되지 못한 나이에 처음으로 혼자 집을 떠나와 시작한 조선소 노동자의 삶은 자주 막막하고 항상 고달팠다.

몇 년 뒤, 대우조선 노동조합이 처음으로 만들어졌던 1987년 여름, 노조 결성을 외치던 수천 명의 노동자 속에 나도 있었다. 희망과 기대에 부풀어 붉게 상기된 얼굴로 구호를 외치던 청년 시절의 내 모습이 보이는 듯하고 그날의 함성이 들리는 듯하다.

이후 거제에서 맞았던 수많은 '처음'을 떠올려본다. 노조 활동을 하면서 당시 변호사였던 고 노무현 대통령을 처음 만났던 날, 짱돌로 임원 숙소 유리를 깨고 난장을 쳐서 김우중 회장과 처음 만났던 날, 애광원에서 봉사하면서 처음 아내를 만났던 날, 거제청년연대를 만들고 우리 역사 바로 알기의 일환으로 첫 문화유적답사를 떠났던 날, 청첩장을 들고 처음으로 장인·장모님을 뵙기 위해 상경길에 올랐던 날, 첫 아들 동해가 태어나던 날, 첫 딸 서희가 태어나던 날, 처음으로 시의원이 됐던 날….

제1의 고향은 거제

사람들은 내게 거제가 제2의 고향이라고 하겠지만. 내 마음 속 제1의 고향은 부산이 아니라 거제이다. 태어난 곳은 부산이지만 이제는 부산에서 지낸 시간보다 훨씬 긴 세월을 거제에서 살아왔고 많은 일을 거제에서 겪고 해냈다. 부산에서 맞은 처음보다 거제에서 맞은 처음이 훨씬 많은 것은 두말할 필요도 없다. 그 수많은 처음을 맞았을 때의 내 마음은 제각각이었지만 처음 시의원 출마하면서부터 지금까지 변하지 않는 하나의 초심이 있다.

"힘없는 사람들의 힘이 되리라.
힘없는 사람들과 동행하리라."

　힘 있는 사람 옆에는 항상 사람들이 들끓는다. 하지만 힘없는 사람들에게는 그들의 하소연을 들어줄 사람도, 같이 문제를 해결해 줄 사람도 없다. 그들과 함께 하면서 힘이 되어 주고 싶었다. 이 결심을 세운 이후로는 힘 있는 사람의 편에 서고 싶은 마음이 한순간이라도 들지 않도록 항상 스스로를 경계한다.

의원직을 내려놓고 나서 꾸준한 지역 봉사활동을 한 것도 이 마음 때문이었다. 마늘밭 봉사 활동 중 알게 된 연초마을 윤경자 할머니께서 말씀하셨다.

"내는 정치는 잘 몰라도 니가 제일 고생한 줄은 안다. 욕 봤대이. 앞으로 뭘 해도 해여니는 잘할끼다."

옥포만에서 지난 삶을 돌아보며 앞으로 다가올 수많은 처음 앞에 이 초심을 잃지 말자고 다시 한 번 다짐한다. 그리고 항상 마음에 담아두고 있는 **고 신영복 선생님의 '처음처럼'**을 되뇌며 총선 출마라는 또 다른 처음을 향해 출발하려고 한다.

**처음으로 하늘을 만나는 어린 새처럼,
처음으로 땅을 밟는 새싹처럼,
우리는 하루가 저무는 겨울 저녁에도
마치 아침처럼, 새봄처럼, 처음처럼
언제나 새날을 시작하고 있습니다.
산다는 것은 수많은 처음을 만들어가는 끊임없는 시작입니다.**

차 례

I
정치 입문 전 걸어온 길

2
함께 걸어온 거제시의원 시절

3
함께 걸어온 경남도의원 시절

4
재정비와 단련의 시기

5
다시 도약하는 거제의 미래를 위하여

I

정치 입문 전 걸어온 길

떡볶이 사건과 가훈

나는 5남 1녀 중 4남으로 자랐다. 위로 세 명의 형이 있고 아래로 여동생과 남동생이 있다. 여동생은 유일한 여자라, 또 그 아래 남동생은 막내라 귀여움을 많이 받았다. 내가 많이 받은 건 귀여움이 아니라 심부름이었다. 부모님이 첫째 형에게 심부름을 시키면 첫째 형은 둘째 형에게, 둘째 형은 셋째 형에게, 셋째 형은 내게 심부름을 시켰다. 차례로 내려오던 심부름의 물길은 내게서 막혀 더 내려가지 못했다.

여동생에게 시키려고 하면 형들이 하나뿐인 여동생을 감싸 돌았고, 여동생을 건너뛰고 막내에게 시키려고 하면 아직 어린 막내에게 심부름을 시킨다고 한소리를 들었다. 어린 마음에 뭔가 억울했지만 몇 번 물길이 막히는 걸 경험한 이후로는 군말 없이 심부름을 했다. 이때 깨달은 가족 안에서의 내 역할과 서

열에 대한 인식이 나중에 고등학교 진학을 결정할 때 영향을 끼쳤던 것 같다.

떡볶이 100원어치

여덟 살 무렵, 길거리에서 떡볶이를 먹고 아버지에게 크게 혼이 난 적이 있다. 그 가게는 요즘처럼 떡볶이를 그릇에 덜어주는 게 아니라 직접 떡볶이를 집어먹고 나서 계산을 하는 곳이었다. 당시에는 그런 노점들이 많았다. 떡볶이는 세 개에 100원이었는데 그날따라 몹시 배가 고팠고 내 주머니에는 딱 100원이 있었다. 떡볶이 세 개를 다 먹은 나는 주인 할머니를 흘깃 쳐다봤다. 평소 아이들이 몇 개를 먹는지 별로 주의 깊게 보지 않는 할머니였다. 할머니는 어묵을 꼬챙이에 꿰느라 내 쪽은 쳐다보지 않고 있었다. 나는 얼른 떡볶이 하나를 더 집어 먹고 말았다. 100원을 할머니에게 내고 돌아섰는데 뒤에 아버지가 서 있었다. 아버지가 말씀하셨다.

"백 원어치 더 먹어라."

나 때문에 만들어진 가훈

나는 아버지가 내 잘못을 다 봤다는 걸 알 수 있었다. 아버지의 표정은 그때까지 한 번도 본 적 없는 굳은 표정이었고 목소리도 무섭게 낮았다. 아버지의 눈치를 보며 떡볶이를 두 개만 더 먹었다. 방금 전까지 그렇게 맛있던 떡볶이에서 아무 맛도 느껴지지 않았다. 아버지는 100원을 할머니에게 드리고 돌아섰다. 집에 올 때까지 아무 말도 않으시는 아버지의 뒤를 따르며 나는 앞으로 벌어질 일이 두려워 마음을 졸였다.

예상대로 집으로 돌아온 뒤 아버지에게 호되게 혼이 났다. 아버지에게 그렇게 심하게 혼이 난 건 처음이었다. 나를 혼낸 뒤 아버지가 형제들을 다 불러모으셨다. 아버지는 오늘부터 우리 집 가훈을 정하겠다고 하시고 종이 한 장을 꺼내 '정직'이라 적으셨다. 떡볶이 덕분에 우리 집 가훈은 정직이 되었고, 내게는 그날 이후로 정직과 숫자에 대한 강박이 생겼던 것 같다.

나도 아버지가 된 이후 그때를 떠올리면, 당시 아버지는 화만 났던 게 아니라 마음도 무척 아프셨을 거라는 생각이 들었다. 외벌이로 여섯 자식을 키우느라 넉넉하지 못한 살림 때문에 자식이 엇나가는 게 아닌가 싶어 얼마나 속이 상하셨을까 싶다.

수학 교사의 꿈을 접고, 실업계 고등학교를 선택하다

떡볶이 사건의 여파였는지 나는 매사에 숫자에 대한 강박이 있었고 정확하게 딱 떨어지는 답이 나오는 수학을 좋아했다. 좋아하는 만큼 공부도 열심히 했고 점수도 잘 나왔다. 수학 교사가 되겠다는 꿈도 갖게 됐다. 수학뿐 아니라 다른 교과 성적도 좋았던 내가 수학 교사의 꿈을 접은 건 중학교 때였다.

여전히 집안 형편은 어려웠는데 언젠가부터 학교를 마치고 집으로 가면 어머니가 보이지 않는 날이 많았다. 어머니에게 왜 집에 안 계셨는지 물은 적이 있는데 어머니는 볼일이 있었다고 대충 얼버무리셨다.

어머니의 비밀

그러던 어느 날이었다. 친구와 함께 걸어가고 있는데 배수로 청소를 하고 있는 사람들이 보였다. 지금으로 치면 공공근로사업 같은 일이었나 보다. 남자들 몇과 머리에 수건을 쓴 아주머니가 배수로 안에 들어가 대빗자루와 집게로 쓰레기를 포대에 담고 있었고, 길 한쪽에는 쓰레기로 채워진 포대가 쌓여 있었다. 관리자인 듯한 남자가 배수로 안에 있는 사람들에게 소리쳤다.

"거 좀 빨리빨리 좀 해야지… 이러다 해 떨어지겠네."

순간, 수건을 쓴 아주머니 한 명이 그 남자를 향해 고개를 들었다.

"네, 네."

머리를 조아리며 대답하는 아주머니는 놀랍게도 내 어머니였다. 다행히 어머니는 나를 보지 못했고, 다시 고개를 숙여 바삐 손을 놀리셨다. 나는 차마 어머니에게 아는 척을 할 수 없었다. 옆에 있는 친구에게 부끄러워서가 아니었다. 자식들이 부끄러워할까 봐 비밀로 하고 살림에 얼마라도 보태려고 몰래 일하시는 어머니의 마음을 알았기 때문이다. 어머니가 나를 볼까 봐 얼른 자리를 피했다.

진학 고민

그날부터 진로에 대한 고민이 시작됐다. 고등학교에 다니던 형 둘은 당연히 대학 진학을 목표로 열심히 공부하고 있었고, 중3이었던 셋째 형도 인문계 고등학교 진학을 코앞에 두고 있었다. 나는 오랜 고민 끝에 빨리 돈을 벌어야겠다고 결심했다. 결국 인문계 고등학교 진학을 포기하고 부산기계고등학교에 진학했다.

어머니는 지금도 내게 미안해하시는 게 있다. 다른 자식들은 모두 제때 대학에 갔는데 내가 유일하게 그러지 못한 자식이기 때문이다. 중학교 때 실업계 고등학교로 진학하겠다고 말씀드렸을 때 말리지 못한 미안함이다.

어쩌면 어머니는 줄줄이 진학해야 하는 자식들 뒷바라지에 대한 걱정으로 한 녀석이라도 실업계에 가겠다니 조금 안도하셨을지도 모른다. 그래서 적극적으로 말리지 않으셨으리라. 설사 그러셨다 하더라도 괜찮다. 당시 나는 부모님의 경제적 부담을 덜어드리는 게 최우선이라고 생각했고 지금도 후회가 없기 때문이다.

어머니는 배수구 청소하시던 모습을 내가 봤던 것은 여태도 모르신다. 아시면 또 눈물바람이실 게 뻔하기 때문에 말씀드린 적이 없다. 뒤늦게나마 내가 대학도 가고 대학원에서 석사까지 땄으니 어머님이 이제 그만 미안해하셨으면 좋겠는데 여전히 그러신다.

어린 시절, 어머니와 나, 그리고 동생

부산기계공고 시절의 진로 고민

중학교 졸업 후, 전체 학생이 기숙사 생활을 하고 학비도 전액 국비인 국립 부산기계공업고등학교에 진학했다. 어려운 가정 형편을 생각한 선택이었고 적응하기 위해 노력했지만 미처 생각하지 못한 벽에 부딪혔다. 내게 손재주가 없어도 너무 없다는 걸 뒤늦게 알게 된 것이다. 다른 학업 성적은 잘 나왔지만 실습 성적은 도무지 '미'를 넘지 못했다. 친구들과도 잘 지내고 다른 문제는 전혀 없었는데 오로지 실습에서 계속 한계를 느끼면서 진로에 대한 고민이 다시 시작됐다.

진로에 대한 고민

당시 우리 학교는 중학교에서 성적이 상위권인 학생들만 올 수 있었는데 인문계 고등학교로 전학도 가능했다. 나와 비슷한 고민을 하는 친구들도 꽤 있었고 뒤늦게 실업계고 진학을 후회해서 인문계고로 전학하는 학생도 많았다. 나도 어렵게 결정한 선택임에도 불구하고 다시 인문계고로 전학을 할 것인가에 대한 고민이 깊어져 일주일 정도 결석을 했다. 결국 조근래 담임 선생님과 면담을 하고 고민을 털어놓았다. 선생님께서 그동안 결석 처리는 안 했다고 하시며 아버님을 모시고 오라고 했다.

아버지에게 실습 때문에 힘들다고, 인문계고로 가고 싶다고 솔직히 말씀드렸다. 그동안은 고민을 내내 혼자 끌어안고 있었던 터라 처음 얘기를 들으신 아버지 얼굴에는 당황한 기색이 역력했다. 과묵한 아버지는 역시나 별말이 없으셨고 학교에 오셔서 선생님을 만났다. 나도 자리를 함께했는데 선생님 앞에서 마치 죄지은 사람 같은 표정을 짓고 있는 아버지의 모습에 마음이 아팠다.

인문계고 전학 포기

선생님은 다른 학생들은 전학 가겠다고 하면 두 말 없이 보내줬지만, 나는 놓치고 싶지 않다고 말씀하셨다. 교우 관계도 좋고 반에서 친구들을 규합하는 지도력도 좋아 실습 외에는 아무 문제가 없는 똑똑한 학생이라고 칭찬도 해주셨다. 그래도 아버지의 표정은 전혀 밝아지지 않았다.

아버지는 전학을 만류하는 선생님과, 전학하고 싶지만 강하게 전학하겠다고 말하지 못하는 나 사이에서 무척 곤혹스러우셨을 것이다. 결국 전학할 것인지 말 것인지 결론이 나지 않은 상태로 생각할 시간을 좀 더 갖기로 하고 면담이 끝났다.

교문까지 아버지를 배웅하는데 문 앞에서 아버지가 딱 한 마디 하셨다.

"미안하다."

아버지가 교문을 나서 걸어가셨다. 휘적휘적 걸어가는 아버지의 초라한 뒷모습을 보다가 눈물이 터져버렸다. 자식이 실습에 적응 못하는 걸 아시면서 쉽게 그만두라는 말을 못하는 상황에 얼마나 맘이 상하셨을까. '내가 이렇게 아버지 마음에 못을 하나 박는구나'라는 뒤늦은 깨달음에 눈물이 터진 거였다.

은사 조근래 선생님

결국, 나는 계속 학교를 다니기로 했다. 이후로 조근래 선생님은 나를 더 많이 챙겨주셨다. 같은 잘못을 단체로 저질러도 나한테는 벌을 약하게 주시곤 했다. 아마도 가정 형편 때문에 이러지도 저러지도 못하고 방황하는 나를 안쓰러워 하셨던 것 같다. 하지만 실습 실력은 여전히 늘지 않았고 실력이 늘지 않으니 도무지 흥미도 붙지 않았다.

그러던 어느 날, 급기야 나는 실습에 빠지고 도서관에서 책을 보고 있었다. 문득 눈앞에 사람이 서 있는 걸 느끼고 고개를

부산기계공고 시절 소풍, 조근래 선생님과 함께

들었더니 조근래 선생님이 서 계셨다.

"실습 빠지고 여 있으면 우짜노?"

"연습해도 미 나오고 안 해도 미 나오는데, 하면 뭐합니꺼?"

당돌한 내 대답에 선생님께서 피식 실소를 터트리셨다.

방황 끝에 목표를 찾다

이후로 나는 선생님의 묵인 아래, 실습 시간에 도서관을 찾는 일이 잦아졌고, 여러 분야의 책을 읽기 시작했다. 주로 철학책을 읽었는데 한때는 쇼펜하우어 같은 염세주의 철학자의 책에 깊이 빠져들었고 '왜?'라는 질문을 자꾸 하는 버릇이 생겼다.

'인간은 왜 살까?'

'인간은 어떻게 살아야 할까?'

'의미 있는 삶은 어떤 걸까?'

'삶의 의미를 어디서 찾을 수 있을까?'

어려운 집안 형편과 진로 때문이 고민이 많은 데다가 사춘기까지 겹쳐서인지 정신적 방황이 깊었던 것 같다. 그래도 다행인 것은 더는 염세적으로 빠지지 않고, 단순한 목표 하나를 세 웠다는 것이다. 삶에 의미를 찾기 위해서는 눈앞의 명확한 목표 를 하나씩 돌파해 가야겠다고 생각했다. 그 첫째가 졸업을 하고 돈을 벌어서 내 힘으로 대학에 가겠다는 목표였다.

대우조선 입사

당시 우리 학교는 대우조선과 결연이 맺어져 있었다. 고등학교 3학년이었던 1984년 8월 1일에 나를 포함해 109명의 부산기계공고 학생이 대우조선에 실습생으로 들어갔다. 나는 어찌어찌 판금기능사 2급 자격증과 전기용접기능사 2급 자격증을 딴 상태였다. 첫날, 학생들을 모아놓고 줄을 쭉 세웠는데 나는 한참 뒤쪽이었다. 나중에야 무슨 순서인지 알게 됐는데 성적순이었고 나는 90등 정도로 입사했다. 지독하게 늘지 않던 손재주 덕분이었다.

조선 노동자의 고된 작업

처음 맡은 일은 사상 작업으로 선박 블록에 붙어서 그라인더로 표면을 갈아내는 작업이었다. 한여름의 내리쬐는 땡볕 아래에 작업을 하다 보면 정신이 아득해지고, 쇳가루가 날려 노출된 피부는 물론 옷 사이로도 파고들어 땀과 범벅이 되었다. 쇳가루는 작업이 끝나고 아무리 박박 씻어도 잘 떨어지지 않아 항상 피부가 상처 때문에 붉게 부어 있었다. 당시에는 보호 장구가 변변치 않아 '돼지 마스크'라 부르던 마스크 하나가 몸을 보호해주는 전부였다.

하루 종일 그라인더 작업을 하고 저녁을 먹으려고 하면 종일 드드드 떨리는 그라인더를 들고 있었던 탓에 숟가락을 든 손이 떨려 국물을 흘리기 일쑤였다. 하지만 수습 기간이 끝나고 다른 진로를 생각할 수는 없었다. 일단 돈을 벌어 대학을 가야겠다는 목표가 있었고, 당시 대우조선에서 5년을 근무하면 특례보충역으로 처리되어 병역을 대신할 수 있었기 때문이다. 3개월 수습이 끝나고 정식 입사를 한 뒤에도 그라인더 작업을 3개월 더 하다가 배 외부 청소 일을 하게 됐다.

턱없이 낮은 임금과 생활고

어린 나이에 처음으로 혼자 집을 떠나 시작한 첫 사회생활은 녹록지 않았다. 조선소 노동자의 근로환경은 지금과 비교할 수 없을 정도로 열악했고, 임금은 당시 육지보다 20~30% 비싼 거제도 물가에 비해 턱없이 낮았다. 지금 생각해보면 최저시급도 안 되는 월급이었다. 월급이 14만 원 정도였는데 집 월세가 4만 원이었다. 집이라기보다는 방이라는 표현이 맞겠다. 방 하나에 아궁이 하나가 있는 구조였는데 처음부터 집이었던 게 아니다.

조선소가 생기고 사람들이 갑자기 몰리니까 근처 시골집들이 세를 놓기 시작했다. 돼지나 소를 키우던 축사까지 벽지를 바르고 아궁이 하나를 넣어 급조한 방들이 많았다. 월급을 타면 방값을 내고 라면을 두 박스 사고 부모님께 돈을 조금 부쳤다. 그리고 남은 돈으로 생활하다 보면 다음 월급날 전에 돈이 다 떨어졌다. 저축은 언감생심이었다. 이러다 과연 돈을 모아 대학은 갈 수 있을까 막막해지던 시절이었다.

노동운동에 눈 뜨다

1986년 스물한 살 때였다. 배움에 대한 갈망이 컸던 내게
어느 날 조선소 동료가 퇴근 후 저녁에 공부를 같이 해보자고
했다. 무슨 공부냐고 물었더니 우리에게 꼭 필요한 공부라고 했
다. 의아함을 품고 나간 자리에서 김영식 신부님을 만나게 됐
다. 신부님과 동료들과 노동법을 공부하기 시작했다. 석탑출판
사에서 나온 『노동법 해설』이라는 책으로 공부했는데 나중에는
그 책을 마치 성경처럼 여기게 됐다.

열악한 노동 환경과 노동조합의 필요성에 대한 인식

조선소 노동자들의 열악한 작업 환경 개선을 위해서는 노동
조합이 필요하다는 것을 알게 됐다. 당시 조선소에는 노동자를

위한 보호 장구나 장비가 열악했다. 흔히 광산의 광부들이 많이 앓는 것으로 알고 있는 진폐증은 오랫동안 일한 조선소 노동자에게도 발병한다.

작업 환경의 문제는 보호 장구의 문제만은 아니었다. 노동자들을 인격적으로 대하지 않는 관리자들 문제도 심각했다. 노동자들이 고된 작업에 지쳐 잠깐 졸거나 쉬기라도 하면 관리자들이 머리를 쥐어박거나 워커발로 정강이를 걷어차는 일도 비일비재하던 시절이었다.

노동조합이 필요하다는 인식이 암암리에 확산되고 있던 때에, 대우조선이 '마스터 운동'이라는 이름을 내걸고 조직적으로 회사에 충성하자는 운동을 벌였다. 당시 나는 탑재부 소속이었는데 대우조선 상무가 탑재부 직원 1200명 정도를 모두 모아놓고 연설을 했다. 사장이 전무였으니 상무도 현재보다 훨씬 높은 자리였던 셈이다.

'상무한테 욕한 새끼'

상무가 평일 10시까지 잔업은 당연한 걸로 생각해라, 휴일도 반납하라고 연설했다. 당시는 잔업 수당이나 휴일 근무 수당

도 제대로 챙겨주지 않던 때였다. 나도 모르게 욕이 튀어나왔
다. 내 목소리가 너무 컸던 모양이다. 상무가 화가 나 소리쳤다.

"누가 그랬어? 뭐라 그랬어?"

"접니다."

"이리 나와!"

상무 앞으로 불려 나간 나는 소리쳤다.

"제가 욕했습니다. 회사도 바쁘겠지만 나도 바쁩니다."

사람들 사이에 정적이 흘렀다. 기가 막힌 상무가 소리쳤다.

"저 새끼 징계 올려!"

작업반장한테도 감히 대들지 못하던 시절이었다. 그 일 이후
나는 사람들에게 '상무한테 욕한 새끼'로 유명해졌다. 누군가는
대단하다고 했지만 누군가는 빨갱이 아니냐고 색안경을 끼고
나를 봤다. 어찌된 일인지 이후 징계는 없었지만 회사 내 블랙
리스트에는 올랐던 것 같다. 당시 회사는 이미 노동자들이 노조
를 준비하고 있다는 움직임을 파악하고 있었고 노동자들의 정
보를 취합 중이었다.

동료들의 어이없는 해고

얼마 뒤 회사 측은 경영합리화라는 명목으로 노동자들을 대대적으로 해고했다. 노동자 2만 명 정도가 잘리면서 3만 명이 넘던 노동자가 1만 6000명으로 줄었다. 그 징계와 해고의 사유가 어처구니없었다.

철판에 메모하는 석필을 깜빡 잊고 꽂고 나오는 노동자나 작업 후 장갑을 무심결에 뒷주머니에 찌르고 나오는 노동자들을 잡아내 회사 물품을 훔쳤다는 사유로 해고했다. 작업하다가 잠깐 조는 노동자는 무단 취침이라는 사유로, 점심시간 식당에 사람이 너무 많아서 정시보다 조금 빨리 점심을 먹기 위해 식당으로 간 노동자는 시간 지키기 불이행이라는 사유로 해고했다.

'상고문' 배포와 사측의 노동자 탄압

노동자들의 분노가 들끓었지만 누구도 쉽게 나서서 목소리를 내지 못했다. 국가보안법의 서슬이 퍼렇던 엄혹한 시절이었다. 1987년 초, 동료들이 노동자들에게 뿌릴 '상고문'이라는 이름의 전단을 만들었다.

최저생계비에도 못 미치는 임금, 시간 외 근로에 대해 임금을 제대로 지급하지 않는 문제, 산재 발생을 전적으로 피해 노동자에게 책임 지우는 것의 부당함 등을 지적하는 내용이 담겨 있었다. 수천 장의 전단이 밤 시간에 은밀하게 회사 안 화장실, 탈의실과 노동자들이 출근하는 길목 곳곳에 비치됐다.

다음날 회사에는 난리가 났고 관리자들은 전단을 작성, 배포한 범인을 색출하기 위해 혈안이 되었다. 회사 쪽에서는 가톨릭 교우회와 평소 회사에 불만을 표하던 노동자들을 조사하기 시작했다. 한 달 뒤, 동료들은 다시 '상고문2'라는 이름의 전단을 배포했다.

얼마 뒤 회사 측에서는 그동안 수집한 정보를 바탕으로 범인으로 짐작되는 20여 명을 압박하기 시작했다. 갑작스런 강제 부서 이동을 단행했고 부산사무소로 발령을 내기도 했다. 결국 몇몇은 반강제 퇴사를 하거나 해고당했다.

특례보충역으로 병역을 대신하고 있던 나는 타 지역으로 전출되거나 해고되지 않았다. 해고된 동료들에게 미안했지만 노동조합 결성을 위해 남아서 해야 할 일이 있었다. 노동조합을 결성해야 부당 해고된 노동자들이 돌아올 수 있었다.

김우중 회장에게 '200억' 카드를 내밀다

노동조합 결성을 위한 노력을 계속하던 중에 김우중 회장을 만나고 싶은 바람이 커졌다. 사람 대 사람으로 터놓고 얘기를 해보고 싶었다. 일개 노동자가 회사 사장도 아니고, 그룹 총수를 만나겠다는 생각을 하다니 지금 돌아보면 무모하기 짝이 없었다. 스물두 살의 나는 대책 없이 무모했고, 한 번 마음먹은 일은 꼭 해내고야 마는 열혈 청년이었다.

당시 대우조선 사장 비서실에 근무하는 친구를 통해 김우중 회장이 대우조선에 내려올 일이 없는지 수시로 체크했다. 드디어 김우중 회장이 내려올 것 같다는 정보를 입수했다. 대우그룹 사장단 회의가 대우조선에서 열리는데 김우중 회장도 참석할 것 같다고 했다.

회사 안에는 임원들이 내려오면 묵는 빨간 벽돌 건물이 있었다. 사장단 회의가 열리던 밤, 한달음에 그 건물로 향했다. 평소와 달리 건물 앞 도로와 로비의 모든 불이 켜져 있었고 경비들도 평소보다 많이 포진해 있었다. 김우중 회장이 내려온 게 분명했다.

짱돌을 던져서 만난 김우중 회장

경비들을 피해 몰래 이동하면서 화단에서 짱돌을 하나 골라 집어 들었다. 환하게 밝혀진 로비가 보이는 유리를 향해 있는 힘껏 짱돌을 던졌다. 유리가 산산조각 나고 큰 소란이 일어나길 바랐지만 유리에 구멍이 뚫리고 균열만 생겼다.

기대에는 못 미쳤지만 그걸로 충분했다. 나는 이내 달려온 경비들에게 붙잡혔다. 사실 잡히기 위해 온 것이었다. 안에서 놀란 대우조선 박태웅 이사가 달려 나왔다.

"너 이게 무슨 짓이야? 너 누구야?"

"대우조선 기능사원 김해연입니다. 김우중 회장님 만나러 왔습니다."

박태웅 이사는 어이없는 표정으로 경비들에게 나를 끌고 가도록 지시했다. 이대로 끝낼 수는 없었다. 경비들에게 양쪽 팔을 붙들렸지만 안간힘을 써 버티며 건물 안쪽을 향해 소리 질렀다.

"김우중 회장님! 회장님!! 안에 계십니까?!!"

잠시 후, 김우중 회장이 문으로 다가오는 게 보였다. 김우중 회장이 밖으로 나오지는 않고 박 이사에게 물었다.

"무슨 일이야?"

"회장님을 뵙겠다고 막무가냅니다."

기회를 놓칠 수 없었다. 더 크게 소리쳤다.

"회장님!! 기능 사원도 언제든 만나준다면서요?! 신문에서 인터뷰 봤습니다."

김우중 회장이 밖으로 나왔다.

"지금은 사장단 회의 중이니까 다음에 절차 밟아서 만나도록 하지."

"저 회장님 존경합니다. 근데 회장님은 말하고 행동이 다른 사람입니까? 그러면 이제 존경 안 할랍니다!"

김우중 회장이 이 녀석 봐라 싶은 표정으로 나를 보다가 물었다.

"나한테 하고 싶은 말이 있나?"

"회장님, 돈 좋아하시지요? 200억 벌어드릴 방법이 있습니다."

"뭐? 200억?"

"네!! 확실한 방법입니다!"

김우중 회장은 어이없어 하면서도 재밌어 하는 얼굴이었다. 됐다 싶었다. 회장이 박 이사에게 나를 데리고 들어오도록 지시했다.

김우중 회장과 해고 노동자들 만남을 주선하다

김우중 회장은 사장단을 잠시 물러나게 하고 나와 마주 앉았다. 나는 김우중 회장에서 200억을 벌 방법을 설명했다.

"대우조선노조에서 해고자들을 복직하라는 요구가 있는 것을 아시지요? 요구조건을 안들어주면 노조에서 파업을 할 것이고 파업하면 영업 손실이 한 달에 200억입니다. 회장님께서 해고자들을 복직하게 해주면 그 손실 없는 거 아입니까?

회장이 대답 없이 자리에서 일어나더니 박태웅 이사를 한쪽으로 불러 잠시 대화를 나누다가 돌아와서 말했다.

"김해연 씨, 당신은 얼마 전에 불법 전단 뿌린 불온한 사람들하고는 다른 사람인 거 같은데 그런 사람들하고 안 어울리는 게 좋겠네."

나는 화가 나 목소리를 높였다.

"오늘 회장님한테 여러 차례 실망합니다. 항상 다른 사람 얘기만 듣고 판단하십니까? 그 형님들 저하고 다 친하고 진짜 좋은 분들입니다. 뭐 불온 세력 그런 거 아닙니다. 저희 월급 얼만지 아십니까? 삼성보다도 훨씬 적습니다. 거제 물가가 육지에 비해 얼마나 비싼지 아십니까? 우리가 이러는 거 다른 거 아입니다. 배고파서 못 살겠어서 전단 뿌린 겁니다. 잘 알지도 못하면서 그렇게 말씀하시는 거 아입니다. 사람을 직접 만나보고, 얘기도 해보고 판단하셔야지요."

지그시 나를 보던 회장이 말을 했다.

"그 사람들 만나게 해주겠나?"

"그럼요. 얼마든지요."

"내가 곧 외국에 나가는데 돌아와서 만나도록 하지."

나는 신이 나서 형님들에게 전화를 돌렸고 김우중 회장이 만나기로 했다는 말을 전했다. 형들은 어리둥절해하며 믿지 않았고, 미쳤다고 회장이 우리를 만나겠냐고 반문했다. 얼마 뒤,

정말로 비서실에서 연락이 왔고 한 달 뒤 날짜가 잡혔다.

김우중 회장과 나와 전단을 뿌린 일로 해고됐던 노동자들이 만났다. 김우중 회장은 회사도 반쯤 책임이 있는 것 같다며 들어줄 수 있는 요구는 들어주겠다고 했다. 일부는 보상금을 달라고도 했고 일부는 다른 계열사로 넣어달라고도 했고 일부는 원직 복직을 원했다. 형들의 요구는 바로 해결되지는 않았지만 시차를 두고 나중에 모두 복직이 되었다.

대우조선 노동조합 결성

김우중 회장을 만났지만 노동조합 결성에 대해서는 합의하지 못했고, 이후 노동조합을 만들기 위한 노력은 계속 이어졌다. 1987년 8월 8일이었다. 중기부 직원 이상용 씨가 점심시간에 '임금 인상', '노조 결성' 플래카드를 크레인에 걸고 앞장서 핸드마이크로 "노동조합 건설하자"고 외치며 공장 안을 돌았다.

나를 포함한 30여 명이 "배고파서 못 살겠다", "민주노조 결성하자", "임금 인상하라"를 외치며 뒤따랐다. 대열에 합류하는 노동자들의 숫자가 점점 늘어났다. 지게차와 다른 중장비 기사들도 하나둘 합세하기 시작했다. 삽시간에 대열은 수천 명으로 늘어났다. 최종 목적지는 종합운동장이었다.

내 인생 최고의 명장면

종합운동장 옆 본관 건물에 있던 고위급 임원들은 노동자들의 기세에 놀라 다 숨어버렸고 종합운동장에 최종적으로 집결한 노동자는 전체 1만 6000명 중 1만 명이었다. 밤이 깊어도 노동자들은 자리를 뜨지 않았다.

돌이켜보면 그때가 내 인생 최고의 명장면이지 싶다. 가슴이 터질 것 같은 희열과 미래에 대한 기대와 희망으로 눈물이 날 것 같았다. 연대의 힘을 온몸으로 느낀 짜릿한 순간이었다. 억울함과 분노를 쏟아내던 거대한 군중의 함성이 지금도 들리는 듯하다.

다음 날 8월 9일에 대우조선 노동조합이 결성되었고 파업에 돌입했다. 회사 앞에 바리케이트를 치고 사복경찰이나 프락치가 들어올까 봐 회사로 들어오는 사람들의 신분증 검사까지 했다.

중기부 이상용 씨는 노동자들을 모이게 만들긴 했지만 대중을 결집해 계속 끌고 나갈 지도력과 조직력은 없는 사람이었다. 모두들 우왕좌왕 하는 중에 대중 연설을 잘해서 사람들이 똑똑하다고 생각했던 양동생 씨가 앞으로 나서 순식간에 집행부를 조직했다. 결국 그가 과도 집행부 노조위원장이 되었다.

노조의 교섭 시도를 무시한 사측

결성된 노조 신고를 하기 위해 거제군청에 몰려갔는데 접수를 받아주지 않아 이틀 동안 농성한 끝에 겨우 접수할 수 있었다. 8월 11일, 대우조선 노동조합 설립신고서가 나왔고, 노동조합 총회 후 집행부가 사측과 교섭을 시도했으나 교섭 장소에 회사 측이 나오지 않았다.

대우조선 안에서만 농성을 해서는 안 되겠다는 결론이 났다. 8월 14일부터 가두로 진출해 옥포, 장승포 등지에서 시위를 이어갔다. 경찰이 최루탄을 쏘기 시작했다. 누군가가 물로 씻으면 괜찮다고 해서 물로 씻었다가 더 화끈거려 혼이 나기도 했다. 날카로운 첫 최루탄의 추억이다.

경찰의 폭력적 억압과 비극의 발생

8월 20일에는 사측과 여섯 차례에 걸쳐 협상했지만 모두 결렬됐고, 회사 측은 무기한 휴업을 통보했다. 이날 전국 각지에서 동원된 전투경찰 1500여 명이 장승포-옥포 구간 도로를 차단하고 집회가 끝난 후 행진하는 노동자들을 향해 최루탄을 마구 쏘았다. 위험천만한 무차별적 난사였다.

결국 이틀 뒤 사고가 터지고 말았다. 8월 22일 옥포관광호텔 앞에 3000여 명의 노동자와 1500여 명 전투경찰이 대치한 가운데 호텔 안에서 사측과 협상이 이루어졌지만 또 결렬됐다. 노동자들이 사장이 있는 호텔 쪽으로 가려고 하자 경찰들이 막아섰다. 도로에서 호텔 입구까지 50여 미터의 오르막길을 사이에 두고 경찰과 노동자들이 대치하게 됐다.

오리걸음을 시킨 경찰

얼마 후, 경찰이 평화적 시위를 보장해주겠다며 황당한 제안을 했다. 오리걸음으로 올라오면 길을 열어주겠다는 것이었다. 평화적으로 시위하겠다는 의지를 보여달라고 했다. 다들 의아해하면서도 그 요구에 따라 열까지 맞춰가며 오리걸음으로 호텔 쪽으로 올라가기 시작했다. 갑자기 경찰들이 달려와 노동자 대열의 삼면을 에워싸고 근접거리에서 최루탄은 난사하기 시작했다.

이석규 노동자 사망

이때 이석규 노동자가 최루탄에 맞았고 대우병원으로 옮기던 중 사망했다. 이한열 대학생이 최루탄에 맞아 사망한 지 채 두 달도 되지 않았는데, 같은 원인으로 안타까운 목숨이 세상을 떠난 사건이었다. 대조립부 사원이었던 그는 나보다 한 살 어린 스물한 살의 꽃다운 청춘이었다. 어쩌면 그가 아니라 나일 수도 있었다는 생각을 하며 대우병원으로 달려갔다.

또 다른 비극이 발생할 뻔한 웃지 못할 해프닝

대우병원에 모인 노동자들은 경찰 진입과 시신 탈취를 막기
위해 영안실 입구 철문을 용접해버렸다. 노동자들이 병원 마당
에서 침통한 표정으로 삼삼오오 모여 얘기를 나누고 있을 때였
다. 한 노동자가 어슬렁거리고 있는 사복 입은 덩치 큰 남자를
가리키며 소리쳤다.

"저 새끼, 거제서 경찰이다!"

한 노동자가 경찰의 얼굴을 알아보고 소리친 것이었다. 어느
새 정보 파악을 위해 사복경찰이 병원 안으로 잠입했던 것이다.

하수로에 낀 사복 경찰

경찰이 도망치기 시작했고 사람들이 뒤따라 달렸다. 막다
른 담벼락에 맞닥뜨린 경찰이 병원 밖으로 통하는 하수로로 뛰
어들었다. 하지만 그 경찰의 비대한 몸이 하수로에 끼어버렸다.
분노가 극에 달한 노동자들이 그의 다리를 잡아당겼다. 사복경
찰은 필사적으로 다리를 차면서 빠져나가려고 버둥거렸다. 누
군가는 나뭇가지로 경찰의 엉덩이를 찌르기도 했다.

결국 그 경찰은 가까스로 하수로를 빠져나갔다. 웃지 못할 해프닝이라는 말이 딱 맞는 상황이었다. 만일 그 사복경찰이 잡혔더라면 또 다른 비극이 발생했을지도 모른다.

노무현 변호사를 처음 만나다

젊은 노동자의 안타까운 죽음을 알게 된 각계 재야인사들이 병원으로 왔다. 그중에 노무현 변호사가 있었다. 나는 당시 그의 이름도 처음 들어봤고 누구인지 전혀 몰랐다. 누군가 그를 인권변호사라고 소개하면서 멀리서 오셨으니 한 말씀 하시라고 했다. 앞으로 나선 노무현 변호사는 점퍼를 입은 소탈한 동네 아저씨 같은 모습이었지만 진중한 눈빛이 인상적이었다.

진중한 눈빛의 말 잘하는 변호사

노무현 변호사가 말했다.

"이석규 노동자의 죽음은 있을 수 없는 죽음, 너무도 억울한 죽음입니다. 노동자들에게는 노동조합 활동 중 쟁의를 할 합법

적이고 정당한 권리가 있습니다. 여러분은 잘못이 없습니다. 잘못이 있다면 이 사회에 있습니다. 공권력이 폭력적으로 합법적인 쟁의를 탄압한 것입니다. 이왕 노조를 결성했으니 반드시 제 몫을 찾으시기 바랍니다."

변호사라더니 역시 참 똑똑하고 말도 조리 있게 잘하는구나 생각했다.

부산구치소에 수감된 노무현 변호사

노무현 변호사는 거제를 방문했던 이 일로 '장례식 방해'와 '노동쟁의 조정법 상 3자 개입 위반' 혐의로 구속영장이 발부되어 부산구치소에 수감됐다. 이후 부산 변호사들이 대거 힘을 모아준 구속적부심을 거쳐 23일 만에 풀려났다.

이석규 노동자의 죽음 이후, 노동자들의 분신이 잇달았고 야당 정치인들의 거제 방문이 이어져 온 나라의 시선이 거제에 쏠렸다. 그 영향이었던지 8월 22일 김우중 회장이 거제에 내려와 노조 측과 협상을 벌였다. 결국 임금 4만 5000원 인상에 합의하면서 대우조선 노조의 첫 노동쟁의는 일단락되었다.

노동조합 편집국장 시절, 쏘가리탕 사건

나는 대우조선 노동조합 1대 대의원에 당선됐는데 1년 임기가 끝날 즈음에 노조 안의 문제에 대한 고민이 커졌다. 너무 많은 권한을 가진 집행부를 견제하는 기구가 없었고, 노조 소식지인 '새벽 함성'이 집행부의 입장을 옹호하는 글만 내보내고 있었다. 이대로는 안 되겠다고 생각해 한 가지 제안을 했다. 집행부 아래에 있는 편집국을 집행부에서 독립시키자고 했다. 결국 대의원총회에서 제안이 받아들여졌고 내가 편집국장이 되었다.

조합 운영비 문제

당시 노조에는 돈이 꽤 많았다. 거의 3000만 원 정도였는데

1988년의 물가를 생각하면 엄청나게 큰돈이었다. 노동자들이 노조활동에 대한 기대로 집회 때 어려운 살림을 쪼개서 낸 성금이었다. 노조가 만들어지고 시간이 좀 흐른 뒤 '과도집행부 진상조사단'이 구성되었다. 진상조사단이 집행부에 영수증을 요구했다. 나는 고급 호텔 영수증까지 있는 걸 보고 기가 막혔다. 조합원의 피땀 어린 돈이 흥청망청 쓰였다는 의심을 지울 수 없었다.

진상조사단의 조사 결과를 토대로 지출 내역을 하나씩 확인하기 시작했다. 영수증 증빙이 안 된 것도 부지기수이고, 그나마 있는 건 대부분 간이영수증뿐이었다. 간이영수증에 대한 의심이 들었는데 그중 '쏘가리탕' 영수증이 있었다. 쏘가리탕은 꽤 비싼 음식이었다. 식당으로 찾아갔다. 식당 주인에게 날짜와 방문했던 사람들 인상착의를 얘기하니 주인이 기억을 하고 있었다. 간이영수증에 기입을 하지 않고 그냥 줬다고 했다. 주인의 장부에서 실제로 먹은 금액을 확인해보니 간이영수증에 적힌 금액의 반이었다. 간이영수증에 금액을 두 배로 부풀려 적은 거였다.

집행부 불신임과 대의원 선거

공금 사용에 대한 의혹 해결을 위한 조합원총회가 열렸고, 위원장 불신임을 안건에 올려 투표를 했다. 3분의 2가 동의해야 불신임이 가결되는데 그에 조금 못 미치는 결과였다. 위원장이 사퇴는 하지 않게 됐지만 위원장 외 임원과 집행부 간부는 모두 사퇴했다. 결원된 임원을 선출하기 위한 대의원 대회가 열렸고 투표가 진행됐다. 그 결과, 내가 부위원장에 선임됐다.

돌이켜보면 이때부터 공적인 일에 돈이 투명하게 쓰이는지 감시하는 기질이 발동하기 시작한 것 같다. 어릴 때 아버지에게 호되게 혼났던 떡볶이 사건 때문에 생긴 정확한 숫자에 대한 강박과, 학창 시절에 의심할 여지없이 딱 떨어지는 정확한 답이 나오는 수학을 좋아했던 기질이 이 쏘리리탕 사건으로까지 이어졌던 것 같다. 이후 시의원, 도의원을 하는 동안에도 이런 기질이 발동하는 일은 차고 넘쳤다.

조직폭력배를 동원한 노조 탄압

노동조합 결성 후 노사분규는 수차례 이어졌다. 1988년 당시 장승포시의 시장이 노사 관계를 안정시키겠다고 공언하던 때 있었던 일이다. 노동자 200여 명이 집회를 하고 있는데 처음 보는 험상궂게 생긴 사람들이 몰려와 노동자 한 사람 한 사람에게 자꾸 시비를 걸었다.

"이런 거 왜 하는데?"

"느그 빨갱이제?"

그들은 앉아 있는 노동자들을 발로 툭툭 차기 시작했다. 누가 봐도 일부러 싸움을 거는 형국이었다. 결국 싸움이 벌어졌다. 한두 명씩 치고받던 싸움이 집단 난투극으로 확대됐고 어딘가에 숨어 있었던 듯 갑자기 그들의 패거리가 몽둥이와 쇠파이프까지 들고 나타났다. 그들의 숫자는 300명 정도로 우리보다 많았고 점점 우리가 밀리기 시작했다. 그즈음 우리 쪽 노동자가 인근에 있던 조합원들에게 연락을 취했다. 조합원들이 속속 도착하면서 우리 쪽 숫자가 그들보다 월등하게 많아졌다. 그들이 밀리며 도망을 가기 시작했다.

파출소 안으로 도망간 조직 폭력배

달리는 그들을 뒤쫓았는데 몇 명이 능포 파출소 안으로 뛰어들어갔다. 성난 노동자들이 파출소까지 들어가 그들을 끌고 나왔다. 경찰도 속수무책이었다. 장승포 시청사 앞에서도 몇 명을 잡았다. 그들 중 싸우는 와중에 옷이 찢어진 이가 있었다. 그 사이로 화려한 문신이 보였다. 같이 잡힌 다른 이들의 웃통을 벗겨보니 다들 온몸이 문신투성이였다. 그들을 추궁해보니 구사대인 줄 알았던 그들은 조직폭력배 출신 갱생회 멤버였다.

"누가 보냈노?"

"시에서 가라고 했다."

"시에서? 와?"

"가서 질서유지 하라 캤다."

범법자인 조폭 조직에게 경찰들이 해야 할 공적 임무인 질서 유지를 시키다니 어이가 없었다. 공권력이 사측과 공모하고 조폭 조직까지 동원했던 것이다. 어이없는 일이 일상다반사로 벌어지던 시절이었다.

노무현 변호사와 인연을 이어가다

이석규 노동자 사망 후 대우병원에서 처음 만났던 노무현 변호사와는 노조 문제로 자주 조언을 구하면서 인연을 이어갔다. 그러던 어느 날, 신문을 보고 부산 동구에서 국회의원으로 출마하는 걸 알게 됐다. 5공화국 실세인 허삼수 후보의 지역구를 자청했다니 역시 노무현 변호사답다고 생각했다.

부산 동구 국회의원 선거 유세장에 가다

노무현 변호사가 선거 운동으로 한창 바쁠 무렵이었는데 내게 연락을 해왔다. 유세에 와줄 수 있겠냐고 했다. 항상 신세만 졌던 터라 작게나마 보답을 할 기회라는 생각에 기쁜 마음으로 부산으로 향했다. 유세장에서 노무현 변호사가 거제 대우조선에서 온 노동자라고 나를 소개했다. 사람들 앞에서 짧게나마 노무현 변호사에 대한 감사함을 전했다.

"노무현 후보자님이 대우노조와 노동자들에게 도움을 많이 주셨습니다. 저희 때문에 억울하게 옥살이도 좀 하셨고 정말 고마운 분입니다. 인권변호사 시절부터 힘없는 사람 옆에서 힘이 돼주신 분입니다. 노무현 후보자님 뽑아주시면 여러분한테도 큰 힘이 되어주실 겁니다."

노무현 국회의원이 해결해준 노조 문제

이후, 선거에서 당선된 노무현 국회의원에게도 도움을 많이 받았다. 노조 대의원을 대상으로 하는 노동법 특강을 부탁했을 때 흔쾌히 해줬고 사측과 문제가 생길 때마다 도와줬다.

회사 측이 대우조선은 군용 잠수함과 특수선도 만드는 방산시설이라서 노동쟁의가 불가능하다는 공문을 노조로 보내왔을 때였다. 노무현 의원에게 연락을 했더니 알아보고 연락을 주겠다고 했다. 언론에서는 사측 입장을 그대로 실어 대우조선은 방산시설이기 때문에 노조가 쟁의와 파업을 할 수 없다는 내용을 연일 보도했다.

노무현 의원이 여러 부처에 알아본 뒤 명확한 답을 줬다. 회사에서는 방산시설이 일부라도 있으면 회사 전체가 방산시설이라고 주장했지만 그건 틀린 거라고 했다. 방산시설 부분에 울타리가 있으면 별도의 시설로 본다는 명확한 해석을 해줬던 것이다. 노무현 의원의 도움으로 관련 기관의 유권해석 공문을 받고 나서 쟁의를 이어갈 수 있었다.

민원인이 줄을 잇던 노무현 국회의원실

노조 문제 때문에 서울까지 가서 노무현 의원을 만날 때도 종종 있었다. 여의도 국회의원 회관에 있는 사무실로 찾아갈 때가 많았는데 사무실로 들어서면 민원인과 대화 중인 경우가 대부분이었다. 노무현 의원 사무실 문턱이 낮다는 소문이 퍼진 것 같았다. 나는 항상 대우조선 점퍼를 입고 갔는데 노무현 의원은 민원인에게 대우노조 부위원장이라고 나를 소개하고 동석을 권하기도 했다.

그날도 사무실로 들어섰더니 노무현 의원이 한 민원인과 함께 있었고 나도 동석했다. 그 민원인은 집 근처 하천에서 갑자기 악취가 심하게 나는데 얼마전에 마을 근처에 들어선 공장이 의심스럽다는 얘기를 했다. 노무현 의원이 내 의견을 물었다.

"니는 우찌 생각하노?"

"이분 말씀이 맞는 거 같심다. 긴가민가 싶어도 일단 확실하게 알아봐 주셔야지예."

"글체? 그래야겠제?"

노무현 의원은 말이 끝나자마자 당시 환경처 국장을 전화로 연결해 관련 사항을 알아봐 달라고 했다.

마포 돼지껍데기의 추억

노무현 의원은 나와 일 얘기가 끝나면 주로 마포에 있는 돼지껍데기 집에서 저녁을 사줬다. 보통 점퍼 차림인 노무현 의원과 이호철 보좌관과 돼지껍데기를 먹다 보면 주변 사람들이 고개를 갸우뚱거리며 노무현 의원을 쳐다보곤 했다. 알아보긴 알아봤는데 설마 싶은 표정이었다. 그럴 땐 내가 나서서 큰 소리로 말했다.

"노무현 의원님 맞습니다!"

항상 약자의 편에 서서 힘이 되어줬던 노무현 의원 옆에 있는 게 참 좋았고 무척 자랑스러웠다. 함께 지하철을 타고 이동하면서도 같은 일이 반복됐다. 사람들은 국회의원이 대중교통을 이용하고 허름한 식당에서 저녁을 먹는 게 무척 의아했을 것이다. 노무현 의원만큼 소탈하고 서민들과 가까이 있었던 정치인이 또 있을까 싶다.

노무현 의원은 20대 초반이었던 나를 막냇동생처럼 대해줬고 나도 큰형 대하듯 스스럼없이 대했다.

"니 나중에 뭐할래?"

"노동운동 계속 할 낍니다."

"정치는 안 하고?"

"정치는 사람이 할 끼 못 되는 거 같습니다."

"하하하. 나는 사람 아이가?"

"의원님은 쫌 다르지예. 아직까지는예."

"아직까지는?"

"욕먹는 정치인 되지 마이소. 지금처럼 쭈욱 제대로 된 정치를 해주이소."

의원님이 고개를 끄덕이며 술잔을 비우고 항상 술을 마다하는 내게 말했다.

"니도 나중에 큰 정치 할라믄 술 좀 먹어야 된다."

"정치 안 한다니까예. 술도 원래 몸에서 안 받심니다. 노조만 잘 꾸리고 노동자들 제몫 찾는 일만 할 낀데 술을 왜 묵심니꺼. 노조 집행부들이 회사 관리자들한테 접대 받는 거 보고 확실하게 맘먹었심다. 절대로 술 안 묵어야겠다고."

노무현 국회의원의 영향

정치 안 하겠다는 내게 노무현 의원은 왜 자꾸 넌지시 정치 하라는 식으로 얘기를 했을까? 지금 생각해보면 내 기질을 꿰 뚫어보고 결국은 정치를 하게 되리라 짐작했던 것 같다. 나중에 노조와 회사밖에 모르던 내가 사회로 눈을 돌리게 되고 결국 정 치인이 된 것은 노무현 의원의 영향이 크다.

항상 민원인이 있던 그 사무실의 모습을 잊지 못한다. 민원인 의 말을 경청하고 바로 문제를 해결해주기도 하고 안 되는 건 안 된다고 잘라 말하던 그분을 보며 깊은 감동을 받았다. 그분 앞에 서는 나는 정치를 안 하겠다고, 바른 정치를 해달라 부탁하면서 어쩌면 미래의 나 자신에게 그 말을 했던 셈이 되어버렸다.

회한으로 남은 미안함

노무현 의원과의 인연을 돌아보면 딱 한 가지 미안함으로 남은 일이 있다. 2002년 노무현 의원이 새천년민주당 대통령 선거 후보 경선에서 이기고 연락을 해왔다. 거제 지역을 맡아서 대통령 선거를 도와달라고 했다. 하지만 거절할 수밖에 없었다. 당시 나는 진보 진영에 있었기 때문에 권영길 후보를 도와야 했다. 솔직하게 얘기했다.

"공식적으로는 못 도와드리지만 제 주변에 말 많이 하고 다니겠습니다. 죄송합니다."

노무현 의원은 괜찮다고 이해한다고 했지만 그 죄송함이 여태 남아 있고 이제는 어떤 방식으로든 갚을 방법이 없다는 게 너무나 안타깝다. 그나마 노무현 의원의 모습을 보면서 배운 대로 약자의 편에 서서 정치를 하는 길밖에는 다른 방법이 없다.

김우중 회장과의 기이한 인연

김우중 회장과는 노조 결성 전 짱돌 사건으로 알게 된 뒤, 간간이 만남을 이어갔다. 거제에 올 때면 비서실을 통해 연락이 왔고, 함께 밥을 먹었다. 왜 일개 사원인 나를 자꾸 보자고 하는지 의아했지만 만나면 그냥 잡담 같은 얘기를 주로 나눴다.

한번은 김우중 회장이 내게 물었다.

"놀 때는 뭐하나?"

"친구들 만나 낚시도 하고 맛있는 것도 묵고 그라지요. 회장님은요?"

"놀아본 적이 없어 잘 모르겠다."

놀아본 적이 없어 놀 줄 모르는 사람이라니…. 내가 뭐라고 한 기업의 총수가 안쓰러웠다. 좋은 것만 먹고 좋은 건 뭐든 가질 수 있는 사람인데 행복해 보이지가 않았고, 전혀 부럽지 않았다. 배를 채우는 한 끼는 똑같은데, 그게 몇 천 원짜리이든 몇 십만 원짜리이든 무슨 의미가 있나 싶고 돈이 많으면 근심도 많구나 싶었다. 부와 행복이 비례하는 게 아니라는 생각도 들었다.

미국 근무 제안과 해외 연수

1992년 어느 날에는 함께 밥을 먹는 중에 갑자기 과장으로 진급시켜서 미국 발령을 내주겠다는 제안을 했다. 나는 일언지하에 거절했다.

"저는 김치도 묵어야 되고 빠다 별로 안 좋아합니다."

외국 발령은 거절했지만 김우중 회장이 견문을 넓히고 오라며 폴란드에 다녀오라고 해서 갔다 온 적은 있다. 당시 폴란드는 우리나라와 미수교국이어서 방문 전 개인 보증이 필요했는데 김우중 회장이 보증을 섰다. 다녀온 뒤 김우중 회장을 만났을 때 뭘 느꼈냐고 물었다.

나는 바나나가 나지도 않는 폴란드에서 우리나라에서는 당시 고가이던 바나나가 한 다발에 일 달러밖에 안 하는 걸 보니 무역이 정말 중요한 것 같다고 했다. 그리고 세계적 기업들은 공항이나 그 근처에 광고를 많이 하던데 우리 기업들은 외국의

1990년 폴란드 연수 중

빌딩 위에 대형 간판 광고를 왜 안 하는지 모르겠다고 말했고, 공항 카트에 광고를 해도 효과가 클 것 같다고 덧붙였다. 내 말 때문인지는 모르겠지만 이후 대우그룹은 외국에 기업 광고를 많이 하기 시작했다.

김우중 회장의 거제에 대한 애착

김우중 회장이 잘못한 것도 많지만 폴란드처럼 미수교국과 사업을 벌이면서 국가 간 수교를 맺는 다리 역할을 한 것은 잘했다고 본다. 그리고 김우중 회장이 거제와 대우조선에 애착이 컸던 건 분명한 사실이다. 부산과 거제를 잇는 다리를 만든다는 아이디어를 처음 냈던 것도 김우중 회장이었고, 장목관광단지도 김우중 회장의 제안이었다.

그리고 거제 삼성중공업은 직원 복리후생에는 신경을 쓰는데 반해 지역 발전을 위한 투자는 거의 안 했지만 대우는 거제에 고등학교와 대학교, 병원, 박물관을 짓는 등 지역공동체를 위한 투자를 했던 점도 인정해줘야 한다고 생각한다.

가족 모임 참석

한번은 근무 중에 김우중 회장의 전화를 받았다. 경주 힐튼 호텔로 밥을 먹으러 오라고 했다.

"거까지 우째 갑니꺼?"

"헬기 보내줄게."

때 묻은 작업복 차림 그대로 헬기를 타고 힐튼호텔로 갔다. 가보니 가족 모임이었다. 내가 끼어도 되는 자리인가 싶었지만 부를 만한 자리니까 불렀겠지 생각하고 자리에 앉았다. 회장이 한마디 했다.

"날 만나러 오면서 옷이 그게 뭐냐?"

"옷 갈아입을 시간도 안 주고 갑자기 오라한 사람이 누군데 예?"

어쩌면 김우중 회장은 내 당돌함이 재미있었는지도 모르겠다. 한 그룹의 총수인 그 앞에서 머리 숙이지 않는 유일한 사람이 나였는지 모른다. 그는 아마 그게 신기했던 것 같다.

포장마차 술자리와 수감된 노동자 면회 주선

내가 주선해서 포장마차에서 노조 사람들과 김우중 회장이 술자리를 가진 적도 있다. 회사와 노조는 해고 노동자 복직 문제와 여러 사안으로 첨예하게 대립하고 있었지만 나는 김우중 회장이 우리 노동자들을 인간적으로 이해해주길 바랐다. 막무가내로 떼쓰는 과격한 무리가 아니라 다들 생계 문제가 절박한 생활인으로 봐줬으면 했다. 술자리가 끝난 뒤 김우중 회장에게 물었다.

"어땠습니까?"

"사람들이 강직하지만 생각보다는 순하네."

대우조선 노동자 중에 89, 90년도에 노조운동을 하다가 교도소에 수감된 사람들이 많았다. 한 번은 내가 밥을 먹다가 김우중 회장에게 그들의 면회를 가자고 제안했다. 김우중 회장이 황당한 표정으로 말했다.

"내가 왜?"

"인간적으로다가 한번 가볼 만하지 않습니까? 회장님 직원이었잖아요. 회장님이 그런 인간적인 모습을 보이면 노조에서도 회사를 좀 다르게 대하지 않겠습니까?"

얼마 뒤 연락이 왔고 진짜 면회를 다니기 시작했다. 헬기로 이동했는데 전국의 일곱 군데 교도소를 함께 다녔다. 거의 한 달에 걸쳐 회장의 일정이 빌 때마다 같이 다녔다. 그러면서 김우중 회장의 식성이나 취미 같은 걸 알게 됐다. 이동 중에 간단히 샌드위치로 끼니를 때우기도 했고 짜장면을 특히 좋아했다. 중국 무술과 바둑도 좋아해서 얘기를 많이 했다.

교도소에 도착하면 교도소장들이 마중을 나와 있기도 했고 면회가 교도소장 방에서 이루어지기도 했다. 방 안에는 과일과 담배까지 준비되어 있기도 했다. 면회 시간 제한이 없었음은 물론이다. 요즘 같으면 있을 수 없는 일이지만 그때는 그런 게 가능했다.

내 제안을 잘 들어줬던 김우중 회장

이 일로 김우중 회장이 다른 재벌 총수들에게 욕을 많이 먹었다고 들었다. 미친 것 아니냐는 소리까지 들었다고 한다.

김우중 회장이 1년 정도 거제에 적을 두고 머물렀던 적이 있다. 그때 내가 말했다.

"현장 둘러볼 때 삐까뻔쩍한 차 타고 댕기지 마시고 자전거 타고 다녀보면 어떻겠습니까?"

김우중 회장은 내 말대로 자전거를 타고 다녔다.

김우중 회장은 왜 내 말은 잘 들어줬을까? 의문은 나중에 풀렸다. 김우중 회장이 이사들에게 나를 자신의 아들처럼 생각하라고 말했다는 걸 전해 듣게 됐다. 1990년에 미국에서 사망한 아들이 내 또래였는데 아마도 나한테 아들의 모습을 투영했던 것 같다.

내 인생의 가장 소중한 인연, 신미경 씨를 만나다

90년대 초반에 '애광원'에서 정기적으로 자원봉사를 시작했다. 애광원은 1952년 전쟁고아를 돌보는 애광영아원에서 시작해 지금은 지적 장애인 거주 시설과 장애인 직업재활 시설, 지적장애 특수교육 시설인 '애광학교' 등이 있는 곳이다. 애광원 김임순 여사는 거제도에 피난을 왔다가 전쟁고아를 돌보기 시작해 지금까지 애광원 원장으로 계시는 분으로 내가 무척 존경하는 분이다. 김임순 여사는 1989년에는 아시아의 노벨평화상으로 불리는 막사이사이상 수상으로 받은 상금 3만 달러를 재단에 기증해 지적 장애인 특수교육 시설인 애광학교 건립자금으로 쓰셨다.

어느 날 애광학교에서 봉사 활동을 끝내고 참여한 사람들끼리 담소를 나누는데 못 보던 얼굴이 있었다. 애광학교에 새로 온 교사 신미경 씨였다. 지금의 내 아내다. 아내가 들으면 섭섭하겠지만 솔직히 첫눈에 반한 건 아니었다. 서울 말씨를 쓰는 미경 씨는 흔히 말하는 서울깍쟁이 같았고 왠지 가까워지기 힘들 것 같은 생각이 들었다. 그런데 봉사 때 만나는 횟수가 늘어나면서 첫인상과 달리 사람이 무척 순수하다는 걸 알게 되면서 자꾸 눈길이 갔다. 회식 때 술자리가 길어지면 먼저 몰래 빠져나가는 모습까지 좋아 보였다.

데이트 신청

봉사 날이 기다려지고 자꾸 미경 씨 생각이 나던 어느 날, 용기를 내서 물었다.

"진주에 가봤어요?"

"아뇨."

"진주 참 좋은데… 구경 갈랍니까?"

"네?"

"내가 진주에 볼일이 있거든요."

사실 진주에 볼일 따위는 없었다. 데이트 신청이었다. 미경 씨가 거절할까 봐 마음을 졸였는데 다행히 좋다고 했다. 그렇게 미경 씨와의 데이트가 시작됐고 남부럽지 않은 연애를 했다. 나중에 물어보니 미경 씨는 이미 내 마음을 눈치채고 있었고 언제 데이트 신청을 하나 기다리고 있었다고 한다.

"니도 내가 마음에 들었다는 긴데? 내 어디가 좋았는데?"

"진실 되고 뚝심 있어 보였어요."

현실의 벽

나도 결혼이라는 걸 꿈꾸게 됐고 언제 서울로 미경 씨 집에 인사를 가고 싶다고 했다. 미경 씨가 우물쭈물 대답을 못했다. 왜 그러냐고 캐묻자 부모님께 내 얘기를 했는데 반대가 심하다고 했다. 예상 못한 바 아니고 당연하다 생각했다. 고졸 출신 노동자와 대학을 졸업한 교사 딸을 결혼시키고 싶을 부모가 어디 있겠는가. 그래도 만나서 설득해보겠다고 했다.

얼마 뒤, 미경 씨가 폭탄선언을 했다. 한겨울이었고 우리는 와현해수욕장에 있었다.

"도저히 부모님 반대를 극복할 자신이 없어요. 우리 그만 헤어져요."

미경 씨와 헤어진다는 건 상상도 할 수 없었다. 물불 안 가리는 내 성격이 어디 가겠는가. 그대로 바다에 뛰어들었다. 혼비백산한 미경 씨가 나오라고 소리쳤다. 추운 줄도 몰랐다.

"진짜 내랑 헤어질 끼가?"

미경 씨의 안 헤어지겠다는 다짐을 듣고 바다에서 나왔다. 이때 겨울 바다에 뛰어들었던 기억 덕분에 나중에 '펭귄수영축제'를 기획하게 됐다. 겨울 바다가 생각보다 차갑지 않다는 걸 알았다. 물 안이 밖에서보다 덜 춥다는 걸 온몸으로 깨달았기 때문이다.

허락 없이 강행한 결혼

결국 미경 씨 부모님 허락도 없이, 두 분을 한 번도 뵙지 못한 상태로 결혼식 날짜를 잡고 식장 예약까지 마쳤다. 청첩장을 인쇄해 잔뜩 긴장한 미경 씨의 손을 잡고 서울로 향했다. 다행히 장모님께서 문은 열어주셨다. 장인어른은 마지못해 앉아 계셨지만 절을 하는 나를 쳐다보지도 않으셨다. 청첩장을 내밀었다. 장인어른이 불같이 화를 내고 방으로 들어가버렸다. 미경 씨는 눈물바람이었고 어쩔 줄 몰라 곤혹스러워하는 장모님께 말씀드렸다.

"저희 결심은 확고합니다. 어머님이라도 꼭 참석해주십시오."

자식 이기는 부모 없다는 옛말이 틀리지 않았다. 결국 두 분다 결혼식에 참석하셨다. 금반지를 하나씩 나눠 끼고 미경 씨와 나는 부부가 됐다.

내 인생에서 가장 잘한 일

아내는 천성이 순하고 수줍음도 많은 성격이다. 그런 아내에게는 선거 때마다 대중 앞에 서는 것도 버거운 일일 것이다. 한번은 대중목욕탕에서 아내를 알아본 유권자가 인사를 건네며 등을 밀어주겠다고 해서 목욕탕에서 나와버렸다는 얘기를 한적도 있다.

생각해보면 내 인생에서 제일 잘한 일이 아내를 만난 것이다. 아내에게 물어보지 않았지만 아내는 아마도 나와 같은 마음은 아닐 것이다. 나 때문에 마음고생 몸고생이 많았던 아내에게 항상 미안하다. 내가 무슨 일을 벌이든 별말 없이 항상 믿고 옆을 지켜준 든든한 바위 같은 사람이다. 나는 바깥에서 불의 앞에서는 무한 동력을 발휘하지만 아내 앞에서만큼은 약한 남자다. 웬만한 건 다 아내의 뜻에 따른다.

아이들 교육 문제도 전적으로 아내에게 맡겨왔다. 아이들 성적이 떨어져 내가 걱정을 했을 때, 아내는 아이들을 믿고 스스로 공부하고 싶을 때까지 기다려줘야 한다고 했다. 자신이 나를 항상 나를 믿고 묵묵히 지켜봐주는 것처럼 아이들에게 그렇게 해달라고 했다. 아내의 그 말을 들은 이후로는 아이들에게 성적 얘기를 절대 직접 하지 않았다. 평소에 잘 챙기지도 못하다가 갑자기 간섭하는 아버지가 되지 않으려는 노력이기도 하다.

잠만 자는 아빠, 일기장에 없는 아빠

아들아이의 유치원 발표회에 갔을 때의 일이다. 정치에 입문해 시의원으로 바쁘게 활동하던 때라 좀 늦게 도착했다. 아이들이 그린 가족 그림이 전시되어 있었는데 아내가 아들과 함께 그림을 보며 서 있었다. 아내에게 다가가며 그림들을 보는데 다른 아이들 그림 속 아빠는 같이 공놀이를 하거나 바닷가에서 같이 놀고 있는 모습이었다. 아들이 나를 어떻게 그렸을까 궁금해하며 다가갔는데 아들의 그림 속 나는 소파에 누워서 자고 있었다. 나를 발견한 아내가 그림을 가리키며 웃었다. 아들에게 물었다.

"아빠는 와 저라고 있노?"

"아빠는 만날 테레비 보다가 자잖아."

보통 늦은 밤 집에 들어가면 항상 뉴스를 보다가 잠들기 일쑤였다. 아들에게 나는 집에 잘 없는 아빠, 집에서는 소파에서 잠만 자는 아빠였던 거다. 내 부족한 아빠 점수를 단적으로 보여주는 그림이었다.

아들이 초등학교에 입학한 뒤의 일이다. 어느 날 밤에 아내가 아들의 그림 일기장에 있는 선생님의 코멘트를 보여줬다.

"아빠가 아무리 바쁘셔도 시간을 좀 같이 보내주세요."

일기장을 훑어봤더니 내 얘기는 하나도 없었다. 아예 '아빠'라는 단어 자체가 없었다. 대부분 엄마, 친구들, 동생과 뭘 했다는 내용이었다.

이대로는 안 되겠다 싶어 날을 잡아 가족과 함께 덕포에 놀러갔다. 고기도 구워먹고 오랜만에 하루 종일 시간을 함께 보냈다. 그날 밤 아들이 잠들고 나서 일기장을 봤다.

"오늘 덕포에서 엄마하고 동생하고 신나게 놀았다."

아들의 일기장에 올라보겠다는 야무진 꿈은 물거품이 됐다.

사회운동으로 눈을 돌리다

'거제청년연대'

20대 중반에 노조 부위원장 임기가 끝났을 때 시선을 사회로 돌리게 됐다. 거제 지역에 문화적 토양을 다지는 의미 있는 활동을 하고 싶었다. 환경운동연합의 전갑성, 노제하 등과 함께 '거제청년연대'를 만들었는데 반응이 좋아서 단시간에 회원이 400여 명에 이르렀다. 여러 방면의 다양한 일을 했는데 여러 시민단체가 하는 활동들을 이것저것 다 모아서 백화점식으로 했던 것 같다.

우리 역사 바로 알기의 일환으로 지역 문화유적답사를 시작했다. 요즘은 문화유적답사가 흔하지만 당시만 해도 서울도 아니고 지방에서는 무척 생소한 것이었다. 의미도 있고 재미도 있

어 사람들의 호응이 무척 좋았다. 고려 의종의 유배지였던 패왕
성에 갔던 때가 떠오른다. 승자 중심의 기록인 역사의 이면도
알자는 취지였다. 환경운동도 했다. 개발사업 예정지에 실사를
가서 개발이 이루어지면 발생할 환경 문제는 없는지 두루 살피
고 주민들을 만나 의견도 들어봤다. 단체의 힘을 보탤 일이 있
으면 그 지역 주민과 함께 힘을 모았다.

'LPG 체적 거래제' 시행 방법의 불합리

　어쩌다 지역 사회 문제 해결에도 적극 나서게 됐다. 2000년
즈음 옥포 지역에 'LPG 체적 거래제'가 시행됐는데 문제가 있
었다. LPG 체적 거래제는 여러 개의 LP 가스 용기를 연결시켜
서 가스 배관에 계량기를 설치하고 사용한 만큼 요금을 지불하
는 방식이다. 기존의 호스 시설을 금속 배관으로 바꾸고 계량기
를 다는 등 시설비가 많이 드는 일이었는데 각 지역의 다양성을
고려하지 않고 무조건적으로 언제까지 설비를 바꾸라는 식으
로 시행 지침이 내려온 게 문제였다.
　옥포 지역에는 곧 도시가스가 들어올 예정이었다. LPG 체
적거래제에 맞는 설비로 바꾸고 나서 얼마 안 있어 또다시 도

시가스 설비로 바꿔야 했다. 시설비가 이중으로 들어가게 된 것이다. 시에 문의해 이러한 상황을 설명했지만 무조건 시한 안에 체적 거래제 시설로 바꿔야 한다고 답했다. 중앙에서 내려온 법규가 그래서 어쩔 수 없고 만일 설치 시한을 넘기면 벌금까지 부과된다고 했다.

'옥포 아파트 연합회' 결성

이대로는 안 되겠다 싶어 같은 사정인 주변 22개 아파트에 연락해 주민총회를 열었다. 모여서 문제를 해결할 방법을 토론하다 보니 다른 문제점들이 속속 드러났다. 요즘도 가끔 시끄러운 아파트 관리비 지출 내역의 문제였다. 같은 가스 공급업체를 이용하는 곳끼리도 공급 단가가 아파트마다 다 달랐다. 부정이 개입할 여지가 있어 보였다. 그래서 각 아파트 관리비 사용처를 관리실에 요구하고 매달 모여 정보 공개부터 시작하기로 했다. 이렇게 '옥포 아파트 연합회'가 만들어졌다.

각 아파트의 관리비 사용처를 살피다가 하수종말처리장 문제가 드러났다. 당시 옥포 지역에는 하수종말처리장이 없어서

타 지역 처리장으로 하수를 보내고 처리하는 비용을 각 아파트에서 부담하고 있었다. 공공시설 미비로 인한 비용을 왜 시에서 부담하지 않고 아파트 입주민들이 부담해야 하냐고 불만의 목소리가 커졌다.

어렵게 시장에게 연락을 했다. 시정에 대한 불만 사항이 있으니 동사무소에서 시민들과 만나달라고 했다. 온다고 할 리가 없었다. 사람들 숫자를 들먹이는 수밖에 없었다. 옥포 지역 22개 아파트 연합인데 그 인원이 얼마나 될지 잘 생각해보시라 했다. 결국 약속한 날 시장이 왔다. 시장은 동사무소를 꽉 채운 수백 명을 보고 놀란 눈치였다. 하수종말처리장과 개별분담금 문제를 따졌다. 시장이 최대한 빨리 해결 방법을 찾겠다고 약속했다.

LPG 최적거래제 문제는 결국 해결이 되었다. LPG 체적거래제 시행 법안에 대한 반대 운동을 벌이고 아파트 별로 회람을 하고 주민들 서명을 받아 관련 기관에 청원서를 보냈다. 결국 도시가스 공급 예정 지역은 예외로 한다는 조항이 법률에 반영됐다.

예상치 못한 계기로 정치에 입문하다

하수종말처리장 문제로 시장에게 동사무소 방문 요청을 했을 때 당시 우리 동 시의원이었던 이행규 의원에게도 같은 요청을 했다. 그런데 당시 이 의원이 김기춘 의원 낙선운동을 했던 일 때문에 재판을 받고 있었는데 공교롭게도 그날이 선고날이었다. 동사무소에 도착한 이의원이 의원직 상실에 해당하는 형을 선고 받았다며 고별인사를 했다.

시의원 보궐선거 출마

2001년, 그해 봄에 시의원 보궐 선거가 예정됐고 동네 주민들이 내게 시의원 출마를 권유했다. 나는 정치에는 뜻이 없다고 마다했다. 후보자 등록을 앞두고 주민들이 사흘 동안 매일 나를 설득하기 위해 집으로 찾아왔다. 한 주민이 내게 말했다.

"시의원 일이 뭐 특별한 기가? 니 항상 하던 일 아이가? 문제 있으면 문제 있다고 지적하고 고쳐줄 때까지 계속 민원 넣고 그 라는 거. 니 원래 우리 대표해서 하던 일 아이가? 와 이리 까다 롭게 구노? 시의원 되면 힘이 좀 생길 거니까 그동안 해결 못하 던 문제도 좀 수월하게 해결될 거 아이가?"

그 주민의 말에 결국 굴복했다. 출마하기로 했다. 나도 힘없 는 사람이지만 조금이나마 힘을 더 가져서 힘없는 사람들 편에 서 힘이 돼주자고 결심했다. 후보자 등록 기간이 끝나고 보니 후보자가 나 혼자였다. 다른 사람들이 소식을 전해줬다. 출마를 마음먹고 있던 사람들이 내가 출마한다는 사실을 알고 후보자 등록을 안 했다고 했다.

선거운동 중 만난 깐깐한 어르신

선거운동 기간이 시작됐고 동사무소 앞에 자리를 잡고 주민 들에게 인사를 하고 있을 때의 일이다. 나이 지긋한 한 어르신 에게 인사를 하고 손을 내밀었다. 어르신이 갑자기 내 손을 우 산으로 후려쳤다.

"니가 언제부터 내를 안다고 손부터 내미노?"

"이제부터 알면 되지요. 이제 어르신도 저 알고 저도 어르신 아는 거지요? 앞으로 잘 모시겠습니다."

어르신은 대꾸 없이 휭하니 가버렸다. 누군가 그 어르신에 대해 귀뜀해줬다. 동정자문위원인데 그 동네에 오래 사신 분이라 했다.

그 당시에 지역에서 오래 살아오신 어르신들은 대우조선 사람들이 지역민을 무시하는 경향이 있다고 싫어하는 분이 많았는데, 그분도 그런 분 중 한 분이었다. 대우조선에 다니던 외지인이 지역도 잘 모르면서 건방지게 시의원에 출마했다고 생각하셨던 거다.

아침에 어르신의 집으로 찾아가 벨을 눌렀다. 누구냐는 물음이 들렸다.

"어르신, 어제 동사무소에서 뵀던 김해연입니다. 문안인사 왔습니다."

인터폰이 뚝 끊겼다. 이후 사흘을 같은 시각에 찾아가 인사를 했다. 사흘째 되던 날 어르신이 나오셨다.

"이제 그만 쫌 온나. 니 마음 알았다. 지금 그 맘으로 시의원 돼서도 잘 해라."

동네에서 깐깐하기로 유명하신 분이었는데 그날 이후 내 지지자가 돼주셨고, 지금까지도 마찬가지다.

2

함께 걸어온
거제시의원 시절

동네 서비스 맨의 세 가지 철칙

2001년 4월, 나는 거제시의원이 됐다. 권위적이지 않은, 주민 누구나 쉽게 다가올 수 있는 편한 동네 서비스맨이 되리라 다짐했다. 작은 일부터 시작하자는 마음으로 저녁에 동네를 돌면서 주민들에게 인사도 하고 불편한 점은 없는지 묻고 다녔다. 그리고 거리를 다니면서 전등이 나간 가로등은 없는지, 무단 투기된 대형 쓰레기는 없는지 등을 살폈다. 지역민의 불편을 내가 먼저 파악해 민원이 들어오기 전에 미리 해결하는 게 중요하다고 생각했기 때문이다.

문제를 발견하면 다음날, 동사무소 직원들이 출근하기 전에 도착해 기다리고 있다가 몇 번 가로등이 고장이라거나 어디에 쓰레기가 방치되어 있다고 알렸다. 전날 주민에게 들어온 민원이 있으면 동장과 의논하기도 했다. 당시 김장수 동장은 거제시에서 일하다가 사무관 진급 후 처음으로 동장 일을 맡아서 하고 있었다. 김장수 동장은 나처럼 처음 맡은 일에 대한 의욕이 높았다. 동장이 내 의견을 잘 들어주고 문제 해결에 적극 나서 주니 신이 나서 더 열심히 일했다.

지역민의 민원을 들을 때 지켜야 할 세 가지 철칙을 세웠다. 첫째는 24시간 민원인 전화는 반드시 받는다는 것이었다. 둘째는 사흘 안에 반드시 답을 해준다는 것이었다. 세 번째는 민원인이 같은 민원으로 두 번 얘기하게 만들지 않는다는 것이었다. 내가 받는 민원은 수백 통이지만 그 민원인에게는 단 한 번일 수 있는 것이기 때문에 세운 철칙들이다. 물론 모든 민원을 다 들어줄 수는 없었다. 안 되는 건 왜 안 되는지 이유를 정확히 설명해줬다.

공공청사 건립의 뒷이야기

항상 시의 행정에 촉각을 세우고 있던 중 한 건설 업체가 자꾸 신경쓰였다. 당시 준공업 지역이었던 중곡동에 대규모 아파트 단지를 조성한 덕산건설이었다. 경남 도내를 기반으로 성공한 업체로 거제 지역에서도 건설 사업을 활발히 벌이고 있었다. 지금은 조례가 생겨서 준공업 지역에 아파트를 건설할 수 없지만 당시에는 그 조례가 생기기 전이라 준공업 지역에 아파트가 들어서는 게 불법은 아니었다. 하지만 보통은 시에서 준공업 지역에는 아파트 건설 허가를 잘 해주지 않던 때였다.

소문의 실체를 확인하다

덕산건설이 특혜를 받았다는 의심이 강하게 들었다. 조사를

경남도의원 시절, KBS 전국 방송 '시사기획 쌈', 거가대교 특혜 의혹 인터뷰

하다 보니 소문도 무성했다. 덕산건설이 준공업 지역에 아파트 건설 허가를 받는 조건으로 당시 시장에게 공공건물을 지어주기로 했다는 말이 많았다. 하지만 소문만 무성하지 실체를 아는 사람이 없었다. 조사를 이어가던 중, 지역 언론 기자가 가지고 있던 덕산건설이 작성한 각서 사본을 입수하게 됐다. 1040평 상당의 공공건물을 지어주겠다는 내용이었다.

시의회에서 후임 시장에게 시정 질문을 했다. 덕산건설이 전임 시장에게 1000여 평의 공공청사를 지어주기로 했다는 소문이 있는데 사실이냐고 물었다. 당시 시장은 그 사실을 부인했다.

"그럼 이건 누가 쓴 겁니까? 시장님 진짜 모르십니까?"

내가 각서 사본을 내밀면서 물었다. 시장이 당황하는 기색이 역력했다. 하지만 시장은 곧 표정을 수습하고 인정도 부정도 하지 않고 노련하게 대응했다.

"김 의원 말이 사실이면 행정 소송을 해서라도 받아내겠습니다."

이후, 형식적인 행정 소송이 시작됐지만 실질적인 움직임은 없었다. 당시 시장은 경상남도 건설국장 이력이 있는 사람이었다. 경남도를 기반으로 성공한 덕산건설과 거제시장이 되기 전부터 알고 지냈으리라 충분히 짐작 가능했다.

건설사의 불법을 실측하고 다니다

덕산건설 아파트에 대한 조사를 시작하면서 건축사인 친구에게 조언을 구했다. 친구가 도면을 절대 믿지 말라는 얘기를 해줬다. 그 건설사가 준공한 아파트를 다니며 실측을 시작했다.

건축법에 '사선제한'이라는 게 있다. 사선제한은 일조, 채광, 통풍, 미관 등을 결정하는 중요한 요소인 건축물 높이를 도시의 전체적 미관과 환경을 고려해 제한하는 것으로 보통 각 구역마다 규정된 높이가 있다. 건축물 전면 도로의 반대쪽, 정북방향 대지경계선, 인접대지와의 경계선 등으로부터 그은 일정한 사선 이내로 건축물 높이를 제한해 짓게 하는 것이다.

모든 건물은 건물이 위치한 반대편 도로 끝 가장자리로부터 건물 측벽까지 길이의 1.5배 높이까지만 건물을 짓도록 규정돼 있었다. 실측을 시작했다. 줄자로 도로 가장자리에서 그 아파트 측벽까지 거리를 쟀다. 옥상에 올라가 줄자에 돌멩이를 매달아 측벽에서 아래로 떨어뜨려 건물 높이도 쟀다.

계산해보니 사선제한을 위반하고 건물이 더 높이 지어진 걸 알게 됐다. 또한 각 층의 높이도 실측해보니 건축 허가를 신청할 당시의 도면상 높이와 달랐다. 층고를 줄이고 사선제한을 넘겨서 두 층을 더 만든 걸 알게 됐다.

로비의 패턴을 처음 경험하다

덕산건설이 지은 거제 지역 모든 아파트의 측벽 높이와 도로까지의 거리를 직접 재고 다니던 중 한 지인의 연락을 받았다. 식사를 하자고 해서 약속을 정하고 식당으로 갔다. 지인과 식사를 하고 있는데 낯선 이가 다가왔다. 내게 인사를 하고 명함을 내미는데 덕산건설 직원이었다. 그 순간, 지인이 나를 그 직원에게 소개하면서 말했다.

"앞으로 서로 잘 지내라."

"내를 우찌 보고 이런 자리를 만듭니까?"

지인에게 화를 내고 그대로 나와버렸다.

이때 처음으로 기업의 로비 행태를 체험했다. 비슷한 패턴은 이후 시의원과 도의원 생활을 하는 동안에도 여러 번 있었다. 지인의 연락이 오고 밥을 먹으러 가면 누군가 모르는 얼굴이 있거나, 밥을 먹는 중 모르는 얼굴이 다가왔다. 명함을 받아보면 내가 계속 지적하고 있는 시정이나 도정과 관련된 업체 사람이었다. 모든 개인적인 인간관계를 끊을 수도 없으니 아무리 경계를 해도 반복되는 일이었고, 자리를 박차고 나오는 것 말고는 다른 방법이 없었다.

아파트를 잘라라

덕산건설 사업본부장이 정중하게 연락을 먼저 하고 시의회로 찾아왔다. 나는 사선 제한과 층고를 규정대로 하지 않은 부분에 대해 지적했다.

"맞습니다. 저희가 무조건 잘못했습니다. 어떻게 하면 되겠습니까?"

"간단합니다. 자르면 됩니다."

"이미 다 지었고 분양까지 끝난 아파트를 어떻게 자릅니까? 옹벽을 파면 안 되겠습니까?"

"법규 위반했잖아요. 위를 자르든지 옆을 자르든지 잘라야지 별수 있습니까?"

사업본부장이 할 수 있는 일을 말해달라고 사정했다. 그러면 예전에 시에 지어주기로 한 공공청사를 지으라고 했다. 이번에는 시의회에 와서 제대로 보고를 하고 지으라고 했다. 결국, 덕산건설은 기부채납으로 공공청사를 짓겠다고 정식으로 시의회에 보고를 했다. 이후 신협읍에 공공청사가 지어졌다.

거제에 처음으로 특급 호텔이 생긴 사연

자연녹지 중간에 상업지가 왜?

시의회 산업건설위원장을 할 때였다. 당시 상업지인 고현과
뚝 떨어진 장평동 자연녹지 안에 상업지가 있는 걸 알게 됐다.
위치도 산중턱이라 의아해서 해당 부서에 물어보니 삼성호텔
이 들어올 땅이라고 했다. 삼성중공업 쪽에서 호텔을 짓겠다고
요청을 해서 자연녹지를 상업지로 변경해준 거였다. 시에서 대
기업이 인구 유입과 고용 창출을 해줄 것을 기대해 그런 특혜를
주던 시절이었다.

문제는 호텔을 지으려는 움직임이 전혀 없다는 점이었다. 그
땅은 몇 년째 겉으로는 여전히 자연녹지 때와 다를 게 하나도
없었다. 아니, 하나 있다. 보통 상업지는 자연녹지보다 열 배 정

도 비싸니 지가의 변화는 컸을 것이다. 문제는 도시 전체로 보면 이 땅 때문에 상업지로의 종 변경이 정말 필요한 다른 곳의 종 변경이 이루어지지 못하는 것이었다. 5년마다 세워지는 도시관리계획에 따라 상업지나 자연녹지나 주거지 등 각 지종의 총 면적이 정해져 있기 때문이다.

호텔 안 지을 거면 다시 자연녹지로

시의회에 나가 문제를 제기했다. 자연녹지 한가운데 상업지로 변경만 해놓고 계속 유보지로 있는 삼성 땅 때문에 정작 필요한 지역에 상업지가 부족하다고 지적했다. 삼성중공업 측에 행정사무 감사를 이유로 사장의 출석 요청 공문을 보내기로 했다. 그런데 당시 의장이 난색을 표했다. 내가 나섰다. 시의회 의장 대신 내 이름을 넣고 당시 산업건설위원장이었던 내 명의로 공문을 보내 요청했다.

공문을 받은 삼성 총무팀에서 연락이 왔다. 사장은 출석이 어렵다고 했다. 위임장을 가진 대리인이 출석하되 반드시 전무급 이상이 와달라고 했다. 나중에 얘기를 들었는데 이 문제로 삼성 그룹 차원의 회의까지 열렸다고 한다. 당시 이건희 회장이 왜 쓸데없는 일을 해서 문제를 만들었냐고 삼성중공업 사장을 질타했다고 한다.

삼성중공업 전무가 사장 위임장을 가지고 시의회에 출석했다. 전무는 현재 회사 사정이 어려워서 계속 호텔을 못 짓고 있는 거라고 했다. 내가 말했다.

"회사가 어려우면 말라꼬 호텔을 지을라고 합니까? 다시 자연녹지로 바꾸면 되겠네요."

"아닙니다. 곧 짓겠습니다."

"진짜 지을 겁니까? 언제요?"

"최대한 빨리 노력하겠습니다."

"이왕 지을 거면 특급 호텔로 지으면 안 되겠습니까?"

그렇게 거제 지역에 처음으로 특급 호텔이 들어서게 됐다.

저도 대신, 지심도를 받아내다

저도를 거제에 돌려달라는 제안을 처음으로 하고 시민들과 함께 운동도 벌였다. 청와대에 민원도 넣었다. 내가 너무 시끄럽게 굴었는지 진해 해군기지 사령관이 방문해달라는 요청을 해왔다. 혼자는 안 가겠고 의회 차원에서 방문하겠다고 했다. 시의회 의장, 의원들과 함께 진해 해군 기지를 방문했다. 우리는 저도가 대통령 별장이라는 이유로 일반에는 개방을 안 하면서 계속 군사령부의 휴양지로 활용하는 점을 지적하고 조속히 거제시로 환원해줄 것을 촉구했다. 사령관이 저도는 군사상 중요한 곳이라 도저히 안 되니 지심도를 개방해주면 안 되겠냐고 했다. 그렇게 지심도가 일반에 개방됐다.

지심도 이름의 뜻과 동백 꽃말

지심도는 하늘에서 내려다보면 마음 심心자를 닮았다고 해
서 붙여진 이름이다. '지'자는 다만, 단지 지只이니 붙이면 "다만
마음", "단지 마음"이라는 뜻이 된다. 참 마음에 드는 이름이다.
어떤 일을 대할 때 단지 진실한 마음 하나면 족하지 않나 그런
생각이 든다. 지심도에 많은 동백꽃의 꽃말이 "그대만을 사랑합
니다"라고 하니 지심도 이름과도 무척 잘 어울린다.

지심도 동백나무는 워낙 수령이 오래되고 묘목수도 많다.
11월에서 4월 사이에는 항상 나무에 피어 있는 동백꽃과 바닥
에 떨어져 붉은 양탄자처럼 깔린 동백꽃을 볼 수 있어 관광 명소
다. 일제 강점기에는 일본군 1개 중대가 주둔을 했던 탓에 곳곳
에 군사시설이 남아 있어 역사 교육의 현장으로도 좋은 곳이다.

지심도와 윤후명 소설가

얼마 전에 이 지심도가 윤후명 소설가와 특별한 인연이 있
는 곳이라는 지인의 얘기를 들었다. 윤후명 소설가가 김우중 회

장과도 인연이 있다 해서 더 반가웠다. 지인에게 들은 이야기는
이렇다.

　윤후명 소설가는 젊은 시절, 김우중 회장으로부터 거제 지역
을 널리 알리고 싶으니 거제를 배경으로 한 소설을 써보라는 제
안을 받고 거제 지역 곳곳을 둘러보다가 지심도의 매력에 빠졌
다. 이후 거제를 배경으로 몇 편의 소설을 썼는데 그중 한 편은
단막 드라마로 제작돼 당시《베스트셀러 극장》에서 방영됐다.
　후에 윤후명 소설가는 한 여인을 만나 사랑에 빠졌는데 가
난한 자신의 처지를 생각해 그 여인과 헤어지려고 했다. 그런

데 여인이 집에서 작은 공장을 하니 생활비는 걱정 말라며 청혼을 했다. 그렇게 둘은 결혼을 약속했으나 여인 쪽 집안 반대에 부딪쳤다. 그때 두 사람이 사랑의 도피 행각으로 찾은 곳이 지심도였다. 지심도에서 며칠을 보내던 중 여인의 집에서 결혼을 승낙한다는 연락이 왔다. 윤후명 소설가는 예비 장인, 장모에게 인사를 가서야 여인의 집안이 작은 공장을 하는 게 아니라 재벌가라는 걸 알았다. 두 사람은 지금도 그렇게 금슬이 좋은 수가 없고 부인이 남편을 지극정성으로 대한다.

난개발 문제

난개발의 시작

거제에서 1000세대가 넘는 대단지 아파트가 지어진 것은 1734세대인 대동아파트가 처음이었다. 당시 이 아파트가 들어서게 된 배경을 살펴보면 거제 지역 난개발이 어떻게 시작됐는지 알 수 있다.

대동아파트가 들어선 지역은 원래 아파트를 지을 수 없는 자연녹지였다. 자연녹지를 아파트를 지을 수 있는 땅으로 변경하려면 절차가 필요하다. 민간 업체가 도시 팽창으로 인한 수요 변동이 있으니 아파트를 지을 수 있게 토지 종을 변경해달라고 요청하면 지자체장이 1종 도시계획이 아닌 2종 지구 단위 계획법에 따라 입안을 하고 변경해줘야 한다. 이 법에는 난개발을 막기 위해 대상지가 삼만 평 이상이어야 한다는 규정이 있다.

당시 '수암종합건설'이라는 시행사가 거제시에 대동아파트 부지에 대해 이러한 요청을 했고 거제시가 해당 지역 지종을 변경해주면서 거제 지역에는 전에 없던 대단지 아파트가 들어서게 된 것이다. 거제에서 그 정도 규모 아파트가 다 분양될지 의문을 품는 사람도 많았다.

수상한 시행사의 행태

대동아파트 공사가 시작됐다. 그 땅은 원래 도시계획에 반영 안 됐던 자연녹지였기 때문에 반드시 시행사가 주변 부지도 사서 도로를 내야 했다. 대동아파트 앞에는 4차선 도로를 개설하기로 돼 있었는데 아파트가 반 정도 지어졌는데도 도로 개설을 위한 땅 매입이 전혀 이루어지지 않고 있었다. 아파트 예정지의 주변 땅값은 오르기 마련이라 상식적으로 빨리 사둘수록 비용이 줄어든다. 그런데도 시행사는 땅을 한 평도 확보하지 않고 있었다.

다른 지역의 사례를 보면, 같은 절차를 거쳐 자연녹지에 아

경남도의원 시절, KBS 전국방송 지구단위 변경 난개발 관련 인터뷰

파트를 건설하는 시행사가 도로 개설을 위한 땅의 일부만 확보해 전체 4차선 중 2차선만 도로를 내서 도로 임시 사용 등록을 해놓고 부도가 나는 경우가 종종 있었다. 그렇게 되면 아파트를 분양 받은 주민들은 지자체에 나머지 도로를 만들어달라고 민원을 넣을 수밖에 없다.

시행사에 도로 부지 확보를 재촉하다

왜냐하면 주변 도로 확보는 시행사의 책임이지 시공사인 건설사에는 책임이 없기 때문이다. 결국, 지자체에서 땅을 매입해

도로를 개설할 수밖에 없는 것이다. 혈세가 이렇게 새는 것이다. 이런 경우, 시행사가 분양 대금을 다 챙긴 뒤 세금을 내지 않기 위해 고의로 부도를 낸 걸로 의심해볼 수 있다.

그런 일이 생기지 않도록 미연에 막아야 했다. 시의회에서 대동아파트 시행사가 도로 부지를 확보하지 않고 있다는 문제를 지적했다. 관련 공무원들은 아파트 준공 전까지만 도로를 개설하면 법을 위반하는 게 아니기 때문에 그에 대해 시행사에 뭐라고 할 수가 없다고 했다. 대동아파트 시행사에 직접 전화를 해서 재촉하기도 했다.

친한 형을 미친놈으로 만들다

그러던 중, 법무사인 친한 형이 할 얘기가 있으니 만나자는 연락을 해왔다. 무슨 일이냐고 물었지만 만나서 할 얘기라고만 할 뿐 용건을 말하지 않았다. 나는 법무사인 그 형이 대동아파트 등기 업무를 맡게 도와달라는 부탁을 하려는 걸로 짐작했다. 바쁘다는 핑계로 차일피일 미루다가 도저히 더는 미룰 수가 없게 돼 결국 만나기로 했다. 뭔가 기분이 꺼림칙해 단서를 붙였다. 트인 공간에서 차나 한 잔 하자고 했다.

　약속 장소인 옥포의 한 호텔 커피숍으로 갔더니 법무사 형이 낯선 남자와 함께 있었다. 남자가 명함을 내밀었는데 대동아파트 시행사인 수암종합건설 부사장이었다. 화가 나서 말문이 막혔는데 형이 말했다.

　"김 의원, 앞으로 잘 지내봐라."

　나는 형에게 소리를 질렀다.

　"이 새끼, 미친놈이네. 내가 오늘 니를 처음 보는데 누구하고 잘 지내라 마라 하노?"

　황당해하는 형을 뒤로 하고 자리를 박차고 나가버렸다.

　나중에 형에게 전화를 했다.

　"행님, 미안하요. 근데 행님한테도 실망했심다. 그런 사람을 데리고 오면 우짭니까? 미리 그런 사람 온다고 말을 하든가."

　"말을 하믄 니가 나왔겠나."

　"당연히 안 나갔지요. 전쟁 중인데 적장을 와 만납니까?"

시행사에 대한 의심이 현실이 되다

이후, 이 문제에 대해 계속 지적을 했고, 결국은 대동아파트 앞 4차선 도로 부지는 다 매입됐다. 그러나 처음의 내 의심대로 수암종합건설은 결국 부도가 났다.

그 시행사는 대동아파트 분양으로 당시 400억 원 정도의 수익을 냈던 걸로 추산됐는데 지금의 물가에 대비해보면 엄청난 돈이다. 부도가 날 이유가 없었다.

부도가 난 게 아니라 부도를 냈다고 하는 게 정확한 표현이겠다. 고의 부도가 의심될 수밖에 없었다. 시행사가 법인세, 사업소득세, 지방세 등등 수익의 35~40% 정도를 세금으로 내야 하는데 세금 한 푼 안 내고 400억 원을 꿀꺽 집어삼킨 것이다. 거제시 입장에서도 엄청난 세수를 날려버린 셈이다. 게다가 시공사인 대동건설 측도 건설 대금을 다 받지 못하는 피해를 입었다고 하니 이 시행사가 도대체 얼마나 수익을 올렸는지 정확히는 알 수 없다. 나중에 들은 얘기인데 이 회사는 다른 이름으로 법인을 차려서 지금도 시행사 일을 하고 있다고 한다.

시에서 이 아파트 부지의 용도를 변경해줄 때 문제는 없었는가를 따져 볼 필요가 있다. 조선 사업이 호황이던 때이기는 했다. 시에서 인구 유입으로 인한 주거지 수요가 늘었다고 정말로 판단했더라도 도시계획에 반영해서 아파트 건설 부지를 마련해도 충분할 일이었다. 굳이 자연녹지의 지종까지 변경해가면서 허가를 내주는 지구단위 계획을 바꿀 일은 아니었다. 지구단위 변경으로 땅값이 100배 정도 올랐으니 그 수익은 결국 누가 다 챙겼겠는가. 시행사는 지구단위 변경을 위해 얼마나 열심히 여기저기 뛰어다녔겠는가.

난개발의 연쇄, 지역민이 피해자

이게 정말 문제였던 게, 선례가 생기다 보니 거제 지역 난개발이 본격화된 것이다. 대동 아파트 이후, 대형 브랜드 건설사들이 거제로 들어와 같은 방식으로 지종 변경을 신청해 아파트를 짓기 시작했다. 1000여 세대 이상 대단지 아파트가 수십 개 더 지어졌다. 건설사들은 엄청난 수익을 올렸을 것이다.

그로 인해 지역 아파트 건설사들은 거의 사장돼버렸다. 그렇다고 건설 시공 관련 지역 업체들이 호황을 누린 것도 아니다. 브랜드를 내세운 대형 건설업체들은 거제 지역 업체를 안 쓰고

협력업체들까지 데리고 거제로 들어왔다. 겨우 하도급 정도만 지역 업체에 맡겼다.

그러다 조선 사업이 어려워지자 어떻게 됐는가. 지역 경기가 침체 되면서 부동산 경기 전체가 떨어지고 도시가 비어가는 공동화 현상이 생기자 아파트 값이 반값이 되어버렸다. 거제 지역 아파트 가격은 최단기간 가장 많이 오르고 최단기간 가장 많이 떨어진 걸로 유명해졌다. 결국 무리하게 자연녹지의 지종을 변경해 아파트를 짓게 해준 난개발의 피해는 고스란히 지역민들이 다 떠안은 셈이다.

깨진 계란의 희망

시의원 시절을 돌아보면, 누구보다 시의원으로서 열심히 일했다고 자부할 수 있지만 가슴이 답답할 때가 많다. 거제 지역 유일한 야권의 시의원으로 혈혈단신 여기저기 부딪히고 지적하고 다녔지만 혼자 힘으로는 한계가 있었다. 시의원 권한의 한계도 있었다.

시간이 흘러 그 당시 지적했던 사안과 관련된 사람들이 비리에 연루돼 구속되는 걸 보면서 착잡했다. 그때 제대로 된 견제세력이 있었다면 그들의 인생도 달라졌을 것이고, 지역민들도 난개발로 인한 피해를 입지 않았을 것이다.

노무현 변호사의 이야기를 담은 영화《변호인》에 달걀로 바위치기에 대한 대사가 있다. "세상은 계란으로 바위치기라 하지만 바위는 죽은 기고 계란은 살아 있는 기다. 계란은 언젠가 바위를 뛰어넘을 기라고. 난 절대 포기 안 한다."

나도 달걀로 무수한 바위를 쳤는지 모른다. 깨진 달걀은 바위에 흔적을 남겼다. 누군가는 그 흔적을 보고 몰랐던 바위의 문제를 알았을 수도 있고, 또 다른 누군가는 자신도 달걀이 되어보겠다 마음먹었을 수도 있다.

이제는 불법과 비리를 견제하는 제도적 장치가 전보다는 보완됐고, 지자체 행정을 주시하는 민간단체들의 활동도 활발하다. 거제 지역의 정치 지형도 많이 바뀌었다. 나는 여전히 우리 거제가, 대한민국이 더 나은 세상이 될 것이라는 희망을 품고 있다.

거제시의회, 행정사무감사 거제면 하수처리장 현장 확인 중

거제시의회 행정 감사 중 집행부에 질의하는 중

3
함께 걸어온
경남도의원 시절

경남도의회 입성기

두 번째 시의원 임기가 끝나갈 무렵이었다. 다음 지방 선거에서 시의원으로 다시 출마할 계획을 세우고 있었는데 이행규 전 시의원이 만나자고 연락이 왔다. 그는 5년 전, 김기춘 의원 낙선운동으로 시의원직을 상실했다가 2005년 광복절 특별 사면으로 복권된 상태였다. 그의 의원직 상실로 실시된 보궐선거에서 내가 당선됐고 1년 후 지방선거에서 다시 당선되면서 시의원 생활을 5년쯤 했을 때였다.

"니가 가라. 도의회."

이행규 전 시의원을 만났다. 나와 같은 지역구에서 시의원으로 출마할 계획이라고 했다.

"행님은 도의원 출마하는 게 낫지 않겠습니까?"

"5년이나 활동을 못 했는데 도의원은 자신 없다. 다시 시의원부터 차근차근 해야 안 되겠나?"

"저도 다시 출마할 생각인데 우짭니까?"

"니가 도의회로 가라. 니 활동 잘 해왔다 아이가? 도의원에 도전할 만하다."

거제에서는 도의원을 두 명밖에 안 뽑던 때였다. 시의원 활동을 열심히 한 덕분인지 알아봐주고 칭찬해주는 분들이 지역구 안에서는 늘었지만 당시 거제 지역은 기본적으로 보수 성향이 강했다. 진보 진영인 내가 도의원 선거에서 당선될 가능성은 낮아 보였다. 하지만 뜻하지 않게 의원직을 상실하고 눈물의 고별인사를 하던 이행규 전 의원의 모습이 떠올랐다. 오래 맘고생했을 그를 위해 원래 지역구에서 출마하도록 내가 양보하는 게 옳다고 결론 내렸다.

누구도 예상하지 못한 선거 결과

옥포 사거리에 사무실을 구하고 본격적으로 도의원 선거 준비에 돌입했다. 가장 강력한 상대 후보는 후보자 등록 직전에 갑자기 도의원 출마를 발표한 이였다. 거제 시장에 출마해 낙선했지만 15% 정도 득표한 그는 장승포가 고향이고 옥포 지역에 연고가 많았다. 이런 이유들로 자유한국당이 전략 공천한 후보였다.

내가 당선할 가능성은 처음 출마를 결정했을 때보다 더 떨어지는 것 같았지만, 유권자와 지역 발전만 바라보고 열심히 달렸다. 결국, 내가 당선됐다. 상대 후보와 1000표 가까이 차이가 났는데 도의원 선거에서는 큰 표 차이다. 많은 사람이 예상 밖의 결과에 놀라워했다.

도의회 문화를 바꾸다

2006년 도의회 입성한 첫날, 의장 선거 때 일이다. 임시 의장이 도의원들이 후보자를 추천하거나 의장이 되겠다는 의사를 밝히는 중간 과정 없이 바로 의장 투표를 하겠다고 했다. 아무도 이의를 제기하지 않았다.

도의회 입성 첫날, 딴지를 걸다

당시 전체 도의원이 59명이었는데 나를 포함한 5명만 진보진영이었고, 나머지는 자유한국당 소속이거나 자유한국당을 탈당한 보수 성향 무소속 의원이었다. 도의회 내에서 다수당이었던 자유한국당 내부적으로는 이미 누가 의장이 될지 미리 얘기된 게 분명했다. 성격 상 가만있을 내가 아니었다. 임시 의장에게 말했다.

"의장님, 첫날이라 서로 누가 누군지도 잘 모르고, 후보로 누가 나오는지도 모르는데 무슨 투표를 합니까? 후보자 나오고! 정견 발표도 하고! 그래야 되는 거 아닙니까?

"김 의원만 모르고 다른 사람들은 다 아는 거 같은데요? 모르면 알려고 노력을 하세요."

화가 난 내가 자리에서 일어나 큰소리로 외쳤다.

"우리가 여기 우찌 들어왔습니까? 절차에 따라 후보자 등록하고! 발바닥 땀나도록 뛰댕기면서 유권자들한테 선거 운동하고! 그렇게 들어온 거 아닙니까? 그런 우리가 도의회 들어오자마자 민주적 절차 하나도 안 거치고 주먹구구식으로! 의장 선거를 해가 되겠습니까? 이치에 안 맞다 아닙니까?"

대부분 나를 무슨 훼방꾼 보는 듯한 시선으로 쳐다보고 있었다. 하지만 개의치 않고 계속 지적을 이어갔고 결국 임시 의장이 정회를 선언하고 내게 다가왔다.

"김 의원, 그럼 어떻게 하면 되겠습니까?"

"후보자가 누군지 인사부터 하고, 의장이나 부의장이 되면 어떻게 하겠다, 포부도 밝히고 그래야 안 되겠습니까?"

회의가 다시 시작되고 정견 발표는 없이 후보자들이 자기소

개만 하고 투표가 이루어졌다.

작은 것들부터 바꿔 나가다

도의회에 입성한 뒤로 관행으로 치부되어 바뀌지 않고 있던 비합리적인 도의회 문화를 바꿔나가기 위해 노력했다. 사소한 것들부터 지적하고 고쳐나갔다. 그 첫 시작이 의장 선거 방식이었고 그다음은 명패였다.

당시에는 의원들 이름이 한자로 적힌 명패가 자리마다 놓여 있었다. 의회 운영위원회에 들어가서 한자를 한글로 바꾸자고 제안했고 결국 한글 명패로 바꿨다. 의장 선거 때 투표하는 전자계측기가 없다는 걸 알게 돼 이 또한 필요하다고 제안해 요구가 받아들여졌다.

질의응답 방식을 바꾸다

다음으로 고쳐야 할 것은 도정 질의응답 방식이었다. 오전에 의원들이 질문을 모두 다 하고 점심 식사 후 도지사나 해당 부서 공무원들이 오전에 취합한 질문지를 보면서 답을 몰아서 하는 방식이었다. 점심을 먹고 오후 회의에 참석한 도의원들이 오전에 다른 도의원이 했던 질문을 제대로 기억이나 하겠는가. 답변 중 추가 질문을 하는 의원도 없었다.

형식적 질문과 답만 오가는 질의응답 방식의 문제점을 지적했다. 질의와 응답을 오전과 오후로 나누지 말고 한 명씩 질의하고 도지사나 담당 공무원의 답을 바로 듣고 추가 질문도 하자고 했다. 이렇게 해야 해당 안건의 문제를 실질적으로 해결해 나갈 수 있다고 주장했다. 이 제안도 받아들여졌다.

도의회장에 프로젝터를!

첫 도정 질문을 준비하면서 회의장 안에 웬만한 회사 회의실에도 다 있는 프로젝터가 없다는 걸 알게 됐다. 집행부에서 도정의 주요 사안을 의원들에게 수월하게 설명하기 위해서도, 의원들이 해당 사안의 문제점을 이해하기 쉽게 지적하기 위해서도 꼭 필요한 기자재였다. 당시 도의회에는 노트북을 들고 들어오는 사람도 없었고 자료집만 가지고 회의를 하고 있었다.

의회사무국을 찾아가 프로젝터를 설치해달라고 했다. 직원이 의아해하며 그동안 의회에 노트북을 갖고 들어온 의원이 한 사람도 없었다고 했다. 나는 사진이나 도표가 포함된 파워포인 트 문서로 도정 질문을 해야겠다고 했다. 직원이 다음 회기 때 설치하겠다고 했지만 반드시 필요하다고 주장해 결국 도의회 에 프로젝터가 설치됐다.

철저한 사전 준비

첫 도정 질문을 앞두고 현장 답사를 일곱 차례 나갔다. 당시 마산 월영동 일대 옛 한국철강 부지였다. 삼천여 세대 대단지 아파트 건립 예정지였다. 한국철강 부지였기 때문에 중금속에 의한 심각한 토양 오염이 우려되는 곳이었는데 공장용지가 주거지역으로 변경되면서 지가가 엄청나게 뛰었다. 이러한 이유와 아파트 건립 예정지에 가포지구의 공공용지 일부까지 포함되어 사업계획 승인 과정에서 특혜가 있었던 것으로 의심되는 곳이었다.

게다가 건설사가 공공용지 매입 시 계약한 조항을 위반한 점이 발견됐다. 가포지구의 공공용지를 건설사에서 매입했는데 국유지의 경우 민간 건설업체가 매입할 수는 있지만 의무 조항이 있었다. 아파트를 지을 경우, 국민주택 규모가 59% 이상이어야 한다는 것인데 조사 결과 30%밖에 안 됐다.

첫 도정 질문, 신문 일면에 보도되다

현장 사진과 그동안 수집한 관련 자료들로 파워포인트 문서를 만들었다. 도의회장에서는 처음으로 프로젝터를 이용한 도정질문을 했다. 조목조목 따져나가는 내 질문에 당시 김태호 도지사와 해당 공무원은 진땀을 흘렸고, 다음 날 경남도 모든 신문 일면에는 한국철강 부지 매각 문제와 가포지구 아파트 건설 문제를 다룬 기사가 나갔다. 그날 이후, 거제 촌구석에서 시의원 하다가 온 놈이 뭘 하겠냐는 시선으로 나를 보던 다른 도의원들의 눈길이 좀 달라졌다.

자료 수집과 관리 습관

집요하게 자료를 수집해서 들여다보고 실사를 다니는 내 습관은 시의원 때부터 몸에 배어 있었다. 항상 자료 준비를 철저히 하고 사안마다 자료 상자를 만들어 보관한다. 우리 집에는 방 하나가 그동안 내가 모아온 자료방이다. 사안의 이름을 붙인

투명 플라스틱 상자 안에 과거부터 현재까지 모든 관련 자료가 들어 있다.

내가 자료를 수집하는 방식은 먼저, 관련 부서에 서면으로 자료를 요구한다. 의회에서 의장 직인까지 찍어서 관련 부서에 보내기 때문에 2주 안에 답을 안 할 수가 없다. 답변서를 받아 자료를 면밀히 들여다보고 현장 실사가 필요한 경우 몇 번이고 실사를 나간다.

예상 시나리오를 쓰다

모든 자료 준비와 실사가 끝나면 의회에서 질문할 내용을 미리 써본다. 도지사나 담당 공무원이 어떤 답변을 할지도 예상해서 써본다. 즉답하지 않고 회피할 경우도 생각해본다. 도망가는 공무원을 다시 붙잡을 다음 질문도 적어본다. 모든 경우의 수를 생각하면서 질문과 답을 적어본다. 이를테면 의회 안에서 일어날 일에 대한 시나리오를 써보는 것이다.

이런 식으로 철저히 준비하면 해당 공무원은 도망갈 곳이 없게 된다. 내가 다른 의원들보다 잘 한다고 자부하는 것은 철저한 자료 준비와 경상도 사투리로 '통박' 잘 굴리는 것뿐이다.

예상 밖의 전개

딱 한 번 내 예상 시나리오에서 벗어난 일이 벌어진 적이 있었다. 도의회에서 김태호 도지사에게 연초-장목 구간 지방도로에 대해 질의하려고 할 때였다. 내가 질문도 하기 전에 도지사가 먼저 답을 했다.

"김 의원님, 해드릴게요."

"뭘 말입니까?"

"연초-장목 구간 4차선 도로 해달라는 거 아닙니까?"

"맞습니다. 우찌 알았습니까?"

"다 아는 수가 있습니다."

"언제부터 공사 시작하겠다. 언제까지 완공하겠다 확실하게 답을 주셔야지요."

"해달라는 대로 다 해드릴 겁니다. 답이 됐지요?"

환호성과 박수가 터졌다. 해당 지역 주민들이 방청석에 있었던 것이다.

지역민 삶을 최우선 고려한 조례 발의

도의원 시절 지역민의 생활과 밀접한 조례를 많이 발의했다. 한때 전국에서 가장 많은 조례를 발의한 도의원으로 평가받기도 했다. 그중 기억에 남는 게 몇 가지가 있다.

지역 건설업체 일거리를 늘리기 위한 조례

먼저 '지역건설 활성화 촉진 조례'가 있다. 이 조례는 건설소방위원회 소속으로 활동하면서 대단지 아파트 건설이나 대규모 민자 사업 문제를 지적하면서 느낀 점을 반영해 만들었다. 대형 건설사들이 거제 지역에서 공사를 할 때 하도급 업체까지 서울에서 다 데려와서 지역 건설 업체를 거의 쓰지 않았다. 조사를 해보니 지역 건설업체에 하도급해 지출한 비용이 전체 공사비의 5%도 안 됐다.

거제 지역 공사로 얻은 이익을 대부분 서울로 가져가는 셈이었다. 지역의 건설업체에게 우선적으로 일을 주도록 하는 조례를 도의회에 발의했고 채택됐다. 시장, 군수 등 지자체장이 대규모 건설사에게 지역 건설 업체를 40% 정도 쓰도록 권고할 수 있다는 내용의 조례였다. 권고 사항이지 의무 조항은 아니기 때문에 건설사들이 들어주지 않으면 무용지물인 법안이다. 조례를 발의할 때부터 건설사들이 권고를 어느 정도라도 받아들이게 할 방법까지 생각했다.

실질적 효과를 위한 방법

조례가 시행된 뒤, 담당 국장에게 도내에 진행 중인 대규모 건설 사업을 맡은 대기업 건설사에 매달 연락해 이 권고 내용이 어느 정도 실행되고 있는지 확인해서 통계를 내달라고 했다. 해당 국장이 난색을 표했다.

내가 국장에게 건설사에는 통계를 내서 도의회에 보고해야 한다고 하고 물어보라고 했다. 그렇게 해야 의무는 아니지만 건설사에서 조금이라도 부담을 느끼고 지역 업체 하나라도 더 쓰지 않겠냐고 설득했다.

결국 국장이 통계 자료를 내야 한다는 이유로 매달 전화를 돌렸고 지역 건설 업체 하도급 건수가 점차 늘어났다. 이 조례 때문에 나중에 지역 건설업 협의회에서 감사패를 받기도 했다.

낙도 주민의 유일한 교통수단인 도선 지원

'영세도선업 지원 조례'도 발의했다. 거제 지역에는 섬이 많은데 섬 주민들에게는 육지와 연결하는 도선의 운행이 생활의 필수조건이다. 그런데 도선 운행 업체의 입장에서 보면 젊은 사람들이 점점 육지와 도심으로 나가버리고 섬 주민의 숫자가 점점 줄면서 운행의 경제성 맞추기가 힘들어진다. 하루 운행 횟수도 인구 감소에 따라 점점 줄어들 수밖에 없다. 이는 곧 섬 주민들의 생활 불편으로 이어진다. 섬 주민의 숫자가 적은 낙도로 운행하는 도선 업체에 최소한의 유류비를 지원해주자고 발의했고 만장일치로 채택됐다.

그 외 공공기관에서 필요한 물품을 구매할 때 친환경 업체의 물품을 우선적으로 사도록 한 '친환경우선 촉진 조례', 대형유통점과 전통 재래시장의 상생 방법을 모색한 '대형유통점, 재래시장 상생 조례', '나무은행 설치 및 운영 조례', '어린이 안전 지원 조례', '주민참여 예산제 운영 조례' 등이 있다.

민자 사업 감시의 중요성

'민자사업'은 민간투자사업이라고도 하는데 민간 업체가 정부나 지자체와 협약을 맺어 특정 사회기반 시설을 건설, 운영하는 사업을 말한다. 행정 기관의 부족한 사업비를 민간에서 선투자하고 행정 기관이 여러 가지 방식으로 천천히 보전해주는 사업이다. 공공기관의 입장에서는 한꺼번에 사업비가 지출되는 재정 부담을 덜고 필요한 기반 시설을 갖출 수 있어 좋고, 기업의 입장에서는 선투자 후 지속적인 수입을 올릴 수 있는 좋은 사업 방식이다.

민자사업을 간단히 설명해보면 이처럼 좋은 사업방식이다. 그러나 실상은 그렇지 않은 경우가 많다. 사업 계획, 승인 및 협약 체결, 완공 후 운영 등의 과정에서 갖가지 문제가 발생한다.

완공된 민자사업 시설이 자칫하다가는 공공 입장에서는 세금 먹는 하마가 되고, 기업 입장에서는 황금 알을 낳는 거위가 되기 십상이다. 그렇게 되지 않도록 민자사업을 감시, 견제하는 의회의 역할이 중요하다.

도민들 혈세를 지키기 위해 파수꾼, 싸움꾼이 되다

경남도에서 진행되는 여러 민자사업의 파수꾼 역할을 열심히 했다. 때로는 싸움꾼이 되기도 했다. 조금만 감시가 허술해도 엄청난 공적 자금의 누수가 일어날 수 있는 것이 민자사업이다. 폭리를 취하기 위해 물불 안 가리는 부도덕한 기업과 성과주의에 편승한 행정이 만나면 결국은 도민들이 낸 혈세가 엉뚱한 곳으로 새게 되는 것이기 때문에 감시도 전투적으로 할 수밖에 없었다.

마창대교

2004년에 착공돼 2008년 여름에 개통된 마창대교는 경남도와 여러 기업의 컨소시엄인 '주식회사 마창대교'가 협약을 맺어 건설됐다. 마창대교 건설비용 중 기업이 1894억 원을, 경남도가 634억 원을 각각 부담하기로 하고 완공 후 30년 동안 통행료 수입은 기업이 갖기로 했다.

과다 책정된 교통량 예측치

협약 시에는 평균 2만 8000대가 운행할 거라는 예상치가 적용돼 예상 통행료 수입을 산정했는데 개통 후 실제 통행량은 하루 평균 1만 대를 조금 넘는 수준이었다. 처음 교통량 예측치가 너무 높게 잡힌 것이다. 문제는 통행료 수입으로 금융비용을 포함한 사업비용을 충당 못하는 적자가 날 경우, 이를 경남도에서 보전해주는 '최소운영수익 보장 방식(MRG)'으로 협약이 체결된 점이다.

2008년 말에 집계해본 결과, 당시 실제 교통량을 기준으로 경남도에서 보전해줘야 할 금액을 환산했을 때 약정된 30년 동안 총 1조 3895억 원이라는 금액이 나왔다.

접속도로 건설비까지 재정 지원

마창대교와 연결되는 접속도로 건설에도 문제가 있었다. 다리 양쪽 접속도로 건설사업을 전액 경남도 예산과 국비로 충당하기 한 것이다. 단적으로 말해, 마창대교로 민간기업이 30년간 장사를 하는데 경남도와 정부가 3000억 원을 들여 접속도로까지 만들어주는 셈인 것이다. 이 도로 공사 중 50%를 현대건설이 하기로 했다. 현대건설은 마창대교 컨소시엄의 지분 25%를 가진 대주주다. 따져보면 현대건설은 접속도로 공사비와 마창대교 건설과 운영수익까지 막대한 금액을 챙기는 것이다.

고금리 후순위채 발행

마창대교 사업자가 발행한 후순위채권에도 문제가 있었다. 이율이 11.38%인데, 당시 금리가 4~6%대인데 반해 너무 높게 책정됐다. 고금리로 인한 금융비용 상승으로 적자 폭은 더욱 커지고 그 적자는 결국 또 경남도가 충당하게 되는 것이다. 사업주체 입장에서는 이렇게 자신들에게 유리한 장치를 만들어 일부러 적자를 발생시키면 법인세 등을 덜 낼 수 있고 적자는 경남도에서 보전해주니 고수익 사업인 것이다. 마창대교 사업주체가 특혜를 받았다는 의혹을 제기할 수밖에 없었다.

최소운영수익 보장율 인하와 통행료 인하를 이끌어내다

이 의혹을 제기한 이후로 수차례 언론과 방송 인터뷰도 했다. 논란이 커지면서 사업주체와 경남도가 수차례 협상을 벌였다. 결국 최소운영수익 보장율을 낮춰 경남도가 향후 30년간 부담할 3251억 원을 절감했고 통행료 20% 인하도 이끌어냈다.

'전국 최우수 의원상' 수상과 민자사업에 대한 특강

마창대교 특혜 의혹을 처음 제기하고 3년간 지속적으로 문제를 제기한 끝에 경남도의 지출과 통행료를 크게 낮춘 공을 인정받아 '전국 최우수 의원상'을 받았다. 국회에서 지방의회 의정활동 우수 사례를 평가해 전국 광역의원과 기초의원 총 3514명 중 한 명에게 주는 '국회의장상'이었다. 국회 헌정기념관에서 당시 김형오 국회의장에게 상을 받은 뒤, 국회의원 수석

2009년 국회가 선정한 '최우수 의원 국회의장상' 수상

보좌관을 대상으로 마창대교 사례를 들어 민자사업의 문제점에 대한 특강을 했다.

'최소운영수익 보장 방식(MRG)'의 문제점, 사업주체가 고금리 대출을 받아 고의적으로 운영비용을 높이는 문제점, 결과적으로 세금 탈루로까지 이어지는 과정을 얘기했다. 민자사업에 참여한 기업이 폭리를 취하는 것을 막기 위해 철저하게 감시해야 한다는 점을 강조했다. 이를 위해 의회의 동의와 승인을 거치기 전에 실시계획, 환경영향 평가 대상, 교통량 예측치를 철저히 따져보는 방법을 설명했다.

김해관광유통단지

'김해관광유통단지' 조성 사업은 1996년 경상남도와 롯데가 협약을 맺으면서 시작된 사업이다. 허허벌판에 국내 대표 유통재벌이 투자를 한다고 하자 지역민의 기대가 높았지만 이후 롯데 측이 계속 공사를 지연하고 사업을 축소, 변경하는 탓에 무수한 논란이 있었다.

현재는 농수산물 유통센터, 물류센터, 아울렛 몰, 영화관, 워터파크가 준공돼 1, 2단계 공사는 끝났고 남은 3단계 조성 공사로 스포츠센터와 테마파크, 호텔, 콘도, 대형마트 등이 준공될 예정이다. 이 3단계 공사는 2016년에 착공했지만 진척이 더뎌서 지금도 시민들 민원이 이어지고 있다.

느려도 너무 느린 공사 속도

롯데 측이 계속 공사를 지연할 당시, 항만물류 쪽 행정감사를 담당하는 건설소방위원회 소속이었다. 물류 시설에 해당하는 김해유통관광단지도 건설소방위 소관이었다. 현장 실사를 나가보면 제대로 올라간 건물이 없었다. 말이 나오면 잠깐 포크레인으로 땅을 파다가 조용해지면 또 공사를 안 하고 다시 시끄러워지면 공사하는 시늉만 하기를 반복했다.

롯데는 절대 선투자를 하지 않고 주변여건과 기반시설이 형성되기를 기다리는 것 같았다. 현장에 가서 공사 진척도에 대한 지적을 하면 구체적 공사 계획과 완공 시점에 대한 확약을 피하고 차일피일하기 일쑤였다.

경남도와 롯데, 지분 문제

김해관광유통단지 문제는 느린 공사 속도에만 있는 게 아니었다. 경남도와 롯데의 투자비율이나 부지 감정가에 대한 합의도 그때까지도 이루어지지 않고 있었다. 이 유통단지는 제3섹터 방식으로 조성됐는데 공공부문과 민간부문이 공동출자해 시행하는 사업이다. 경남도가 토지를 제공하고 제반 행정절차를 해결해주면 롯데가 이 부지에 동북아 거점 쇼핑센터를 조성하겠다는 것이었다.

롯데가 해당 부지를 경남도에서 매입해야 했다. 이를 위해 감정평가사에 땅값과, 경남도와 롯데의 투자비 대비 지분율 감정평가를 의뢰해서 받았는데 동의할 수 없는 결과가 나왔다.

먼저, 땅의 감정가가 제곱미터당 91만 5927원으로 나왔다. 주변 상업지역 감정평가액보다 훨씬 낮은 금액이었다. 해당 사업 부지는 대단위 투자 사업이 진행되고 있기 때문에 주변 상업지역보다 땅값이 더 높으면 높았지 절대 낮을 수가 없는 땅이다. 통상적인 가격 상승분은 물론이고 대규모 유통단지가 들어선다는 기대치를 전혀 반영되지 않은 감정가였다.

경남도와 롯데 양측 투자비를 산정해서 나온 지분율에도 문제가 있었다. 경남도의 지분율이 27.7%로 저평가됐다. 낮은 부지 감정가와 경남도가 개설할 유통단지 진입도로 건설비용을 경남도 투자비에 포함시키지 않은 점, 그리고 롯데가 사업비를 부풀린 점 때문이었다.

롯데의 로비 의혹과 실체

세간에 이 사업과 관련해 롯데가 전방위적으로 로비를 펼쳤다는 의혹이 있었다. 관계된 여러 공무원들, 감정가와 지분율이 포함된 사업안을 의회에서 통과시킬 것인지 말 것인지 표를 행사할 도의원들 모두가 그들의 로비 대상이었을 것이다.

실제로는 어느 영역까지 로비가 이루어졌는지 정확히 알 수는 없지만 일부에 대해서는 알고 있다. 고백하건대, 내게도 로비가 들어왔다. 롯데 측에서 당시 창원에 있는 롯데쇼핑에 관심이 없냐고 물어왔다. 입점을 시켜주겠다는 것이었다. 물론 거절했다. 하지만 그 제안을 받아들인 도의원이 있다는 것을 알고 있다.

투자비 검증단을 꾸리다

감정가와 지분율에 대한 논란이 커지고 "롯데에 대한 특혜다", "경남의 재산을 헐값에 롯데에 넘기려고 한다"는 말들이 무성해지자 경남도 차원에서 각계 전문가를 참여시켜 투자비 검증단을 구성하기로 했다.

경남도의원 시절, 부산 KBS 라디오 생방송 거가대교 관련 출연

당시 김두관 지사에게 검증단을 인선할 전권을 내게 달라고 요청했다. 최대한 롯데의 입김에서 자유로운 사람들로 인선하기 위해서였다. 김 지사가 흔쾌히 수락해서 회계사, 변호사 등을 섭외하기 시작했는데 쉽지 않았다. 다들 안 하려고 했다. 재벌에 괜히 밉보였다가 밥줄에 어떤 영향을 받을지 모른다는 우려 때문이었다.

투자비 검증의 난항

이후, 홍순헌 부산대 교수(현, 부산 해운대구청장), 박훈 변호사 등을 섭외하고 나와 다른 도의원이 참여한 '김해관광유통단지 투자비 협상단'이 꾸려졌다. 협상단은 6개월간 10여 차례 회의를 통해 롯데와 치열한 지분율 논쟁을 벌였다. 문제는 롯데 측이 주장하는 투자비를 정확히 확인할 수가 없다는 거였다.

롯데는 그동안 들어간 토목과 건설비용을 항목별로 적은 금액을 내놓았다. 항목별 세부 내역을 보여달라고 했지만 롯데는 기업 정보라 보여줄 수 없다고 했다. 사기업인 롯데는 공개할 의무가 없었고 우리한테는 공개를 강제할 권한이 없었다.

지분율 조정으로 1500억 경남 재산을 지키다

홍순헌 교수가 반격에 나섰다. 공사를 항목별로 짚으며 보통 행정에서 지출되는 공사비를 바로 계산해서 내밀었다. 그들이 책정한 금액보다 훨씬 적었다. 나도 거들었다. 롯데가 책정한 금액을 전부 투자비로 인정받으려면 세부 내역을 보여달라고 했다. 그전에는 그들이 말한 공사비를 절대 인정할 수 없다고 했다.

롯데가 한발 물러섰다. 일반적으로 행정에서 집행되는 정도로 공사비를 조정했다. 롯데가 부풀린 사업비를 바로잡은 것이다. 결국, 경남도가 37.8%, 롯데가 62.2% 지분율을 갖기로 최종 합의했다. 경남도의 지분율이 10.1% 오르면서 1500억 원 정도의 경남 재산을 지키게 됐다.

거가대교

거가대교의 개통

거가대교는 거제시 장목면 유호리와 부산시 가덕도를 죽도, 저도를 거쳐 연결한 다리다. 2004년 12월 착공해 2010년 개통했고 총 사업비 1조 4469억 원이 들었다. 총 길이는 8.2km로 3.5km인 두 개의 사장교와 3.7km인 침매터널 구간, 1km인 두 개의 육상터널로 이루어져 있다.

거가대교의 개통으로 부산에서 거제까지 통행 거리가 140km에서 60km로, 통행 시간은 2시간 10분에서 50분으로 단축됐다. 덕분에 부산과 거제, 통영의 여러 관광지를 편하고 빠르게 둘러볼 수 있다. 또한 탁 트인 수평선을 바라보며 달릴 수 있다는 점과 밤바다와 어우러진 화려한 조명으로도 유명해져 관광

경남도의원 시절, KBS 토론 프로 '거가대교, 희망의 통로가 되려면' 출연

명소가 됐다.

거가대교의 교통, 관광 측면의 효과에 대해서는 이견이 없지만 거가대교가 계획되고 건설되는 과정에는 문제가 많았다.

거가대교 협약 단계, '개념설계'의 문제

거가대교 건설이 계획되던 때는 IMF 외환위기 이후라 정부에서 외국자본 유치에 주력하고 있었다. 거가대교 건설을 위한 컨소시엄을 주도했던 대우건설이 정부 정책에 발맞춰 프랑스 회사 등의 외자를 유치하겠다고 나섰다.

대우건설은 총 사업비의 80%를 외자로 충당하기 위해서는 프랑스 등 외국 기업들이 원하는 '개념설계' 방식을 써서 총 공사비를 산정해야 한다고 주장했다. 개념설계는 공사가 들어가기 전 예상치만으로 총공사비를 확정하는 방식이었다. 우리나라에서는 '기본설계' 후 실제 공사가 다 끝난 뒤 '실시설계'를 바탕으로 소요된 공사비를 정산해 총 공사비를 확정하는 방식을 쓰고 있었는데 이와는 완전히 다른 방식이었다.

개념설계 방식은 국내에서 한 번도 시행된 적이 없는 철저히 투자자 이익을 중심으로 하는 설계방식이었지만 외국 자본 유치라는 명분 때문에 결국 개념설계 방식으로 총사업비를 확정하고 협약을 체결했다. 하지만 협약 체결 후 외국 회사들은 다 빠져버리고 결국, 거가대교 공사의 운영 주체인 컨소시엄 'GK해상도로'는 대주주인 대우건설 등 국내 건설사 8개 업체로 재구성되어버렸다.

'최소운영수익 보장(MRG)' 방식의 문제

협약 체결 당시, 거가대교 완공 후 운영에 있어 '최소운영수익 보장(MRG)' 방식을 쓰기로 했다. 통행료 예측치를 설정하고 완공 이후, 예측치에 미달해서 통행료 수입과 금융비용이 충당

안 되면 부족분을 부산과 경남이 각각 50%씩 전액 보전하기로 한 것이다.

여기에도 문제가 있다. 이 통행료 예측치가 도달이 절대 불가능한 수치였다. 거가대교가 개통되면 일일 4만 6000대가 통과한다는 예측치였는데 당시 경부고속도로 일일 통행량이 그 정도였다.

나중에 예측 업체를 찾아가 물어보니 사업 계획 당시에 컨소시엄 측에서 해달라는 대로 해줬다고 했다. 건설사와 폭리를 위해 작전을 짠 것이다.

사업 재구조화 협상으로 불합리한 운영 방식을 바꾸다

거가대교 운영 방식의 문제를 지속적으로 제기했다. 결국, 경남도와 부산시, GK해상도로가 협의해 '사업 재구조화'를 통해 '최소 운영 수익 보장 방식(MRG)' 방식이 '비용 보전(SCS)' 방식으로 전환됐다.

비용보전방식은 운영에 필요한 최소 비용을 표준 운영비로 정하고 실제 수입이 이에 미달할 때 차액을 보전하는 방식이다. 과다 책정된 교통량 예측치를 기준으로 수입을 보전해주던 방

경남도의원 시절, 거가대교 접속도로 부실공사 현장 점검

식에 비해 보전해줘야 할 금액이 실질적으로 줄면서 경남도 입장에서는 향후 약정 기간 총 750억 원의 비용을 절약할 수 있는 방식이었다.

안타까운 것은, 나중에 홍준표 지사 때, 거가대교를 KB에 매각하기로 하고 다시 거가대교 운영방식이 바뀐 것이다. 37년 동안 운영한 뒤 10년마다 1000원씩 통행료를 인상하기로 하고, 경남도가 보전해줘야 할 금액도 다시 늘었다.

거가대교 하도급 업체를 불러모으다

거가대교 공사가 한창일 때, 공사에 문제가 없는지 살피기 위해 '거가대교 건설조합'이 만들어졌다. 거가대교 사업은 관과 민간이 함께 하는 사업이라 의회처럼 감시 기능을 담당하는 조합이 만들어졌던 것이다. 경상남도와 부산시가 공동으로 구성했는데 경남 도의원 2명, 부산 시의원 2명, 그 외 변호사 등의 공익위원 3명, 총 7명으로 구성됐다. 당시 의장은 부산 시의원이었고 내가 부의장이었다.

거가대교 행정사무 감사를 앞두고 내가 하도급 내역을 조사하겠다는 감사사무 계획서를 냈다. 의장이 난색을 표했다.

"이런 거 파다가 큰난다."

"와 큰나는데요?"

의장이 만류하는 이유를 알고 있었지만 말은 하지 않았다. 대우건설이 내게도 같은 제안을 했었다. 내게 거제 지역의 아는 업체들을 공사에 참여시켜줄 수 있는데 왜 부탁을 안 하냐고 물었다. 구체적으로 대금과 가덕 휴게소 공사를 줄 수 있다고 했다. 다른 공사는 최저가 경쟁 입찰로 했지만 그 둘은 알아서 넣어주겠다는 것이었다.

"내가 소개 안 해도 지역 업체들 다 안다 아입니까? 알아서 골라 쓰면 되겠네요."

나는 대우건설 제안을 거절했다. 괜히 거간꾼 역할을 하고 뒷말이 나올 걸 경계한 탓이다. 오이 밭에서는 신발 끈도 고쳐 매면 안 되는 것이다.

의장에게 하도급 업체가 수주한 금액과 대우건설을 비롯한 건설사들이 공사비로 책정한 금액의 차이를 확인하려는 것이지 다른 뜻은 없다고 설명했지만, 의장은 자신은 못하겠다고 했다. 결국 부의장인 내가 주재하겠다고 했다.

50억 원 이상 하도급을 받은 업체들은 회의에 다 참석하라는 내용증명을 발송했다. 만일의 경우 불참 시 발생하는 문제는 귀사의 책임이라는 문구도 넣었다. 건설사들의 눈치를 보느라 안 오는 업체가 생기는 걸 막기 위해서 넣은 문구였다.

총 공사비의 46%만 사용한 거가대교

50억 원 이상 하도급을 받은 업체 중 한 곳만 빼고 모두 참석했다. 한 업체 직원에게 정확한 수주 금액을 물어봤다. 대답을 듣고 어려움은 없었는지 물었다. 부족했지만 자체 개발한 기술과 축적된 노하우로 최대한 맞췄다고 했다. 원래 책정된 금액이 얼마인지 아느냐고 물었더니 최저가 경쟁 입찰이었기 때문에 모른다고 했다.

원래 책정된 금액은 그 업체가 받은 금액의 4배였다. 관련 법상 실제 책정된 금액의 85% 이하로 하도급을 줄 수 없는데 불법이었다. 업체들이 실제 하도급 받은 금액을 일일이 확인하는 중에 대우건설 책임자는 회의장에서 빠져나가버렸다. 회의가 끝난 뒤 하도급 업체들의 집단 항의를 받을까 봐 무서워 도망가버린 것이다.

대우건설을 비롯한 건설사 측은 거가대교 공사가 민자 사업이라 공사비에 대한 감사가 없으니 하도급 업체에는 혹독한 최저가만 주고 공사를 하도록 한 것이다.

애초에 개념설계를 바탕으로 산출한 총 공사비가 과도했던 것이다. GK해상도로 쪽에서는 1조 8399억 원이 투입된다고 했지만 하도급 내역을 분석해 보면 PC 제작현장 1613억 원, 사장교 현장 2159억 원, 침매터널 현장 2543억 원, 기타 83억 원과 자재대 2079억 원 등 8477억 원에 불과한 것으로 나타났다. 특히 대우건설은 경남 측 접속도로와 부산 측 접속도로 공사 8700억 원을 예정가의 95%를 독식해 공사했다

협약 당시, 총공사비를 개념설계를 바탕으로 주먹구구식으로 결정했기 때문에 벌어진 일이었다. 첫 단추가 잘못 끼워진 것이다. 폭리를 취하고자 한 기업의 욕심이 적나라하게 드러났다. 다 따져보니 총 공사비의 46% 정도만 실제로 사용한 것으로 확인됐다.

부실공사 문제

거가대교에 대한 부실 공사 문제도 지속적으로 제기했다. 김

두관 지사와 함께 각계 전문가들을 위원으로 위촉해 '거가대교 부실공사 검증위원회'를 만들었다. 그러나 위원들은 활동에 소극적이었다. 대기업의 눈치를 보는 건지 로비를 받은 건지 정확히 알 수는 없지만 눈에 뻔히 보이는 부실공사의 증거를 도대체 보려고 하지 않았다. 답답해진 내가 서울 명문대 교수인 위원에게 물었다.

"교수님, 교각 부분을 호미로 파서 파지면 우찌 됩니까?"

"그런 일은 있을 수 없죠. 절대 있어서도 안 되구요."

검증단과 함께 신촌 교각 쪽으로 실사를 갔다. 나는 호미를 준비해서 갔다.

"자 팝니다."

검증단 위원들이 나를 둘러섰다. 내가 교각에 호미를 대고 팠다. 일부가 떨어져 나왔다. 고개를 돌려 보니 그 교수는 시선을 돌리고 딴 데를 보고 있었다.

"교수님, 안 보십니까? 다시 팝니다. 단디 보이소."

교수는 또 시선을 돌렸다. 어떠한 이유에서건 부실을 인정하고 지적할 용기가 없는 거였다. 화가 난 내가 소리쳤다.

"교수님! 양심이 있으면 제대로 보이소. 자 팝니다."

결국 그 교수는 끝까지 회피하고 다른 쪽으로 가버렸다.

거가대교 접속도로에서 320건에 달하는 부실공사 내역을 찾아냈다. 이후, 각 시공 업체의 하자 보수가 이루어졌고, 향후 발생할 하자보수를 대비해 하자보수 보증금 121억 원을 예치하도록 했다. 부실이 중한 시공사와 감리사에는 영업 정지와 과징금 부과 등의 행정 처분도 내려졌다.

통행료 문제

여러 가지 복합적인 문제로 인해 거가대교 통행료는 전국에서 가장 비싸게 책정됐고, 지역민은 물론 경남도민의 불편을 넘어 전국의 관광객들의 부담으로 이어졌다. 지속적으로 거가대교 문제를 지적하는 동시에 통행료 인하를 위해서도 노력해 몇 차례 인하를 끌어냈지만, 처음 통행료의 50%까지 인하해야 한다고 본다. 거가대교 건설과 관련된 문제들이 명명백백히 밝혀지면 충분히 가능하리라고 본다.

감사원 감사 결과

거가대교 문제에 대해 누구보다 끈질기게 계속 문제를 제기했다. 해결방안에 대해 수차례 도정질문을 하고 기자회견을 열어 건설주체들의 부당 이익을 환수하고 통행료를 절반으로 인하해야 한다고 주장했고 시민단체와 함께 거가대교 건설 문제를 감사원에 고발했다.

2011년 감사원에서는 6개월간의 감사와 검토 과정을 거쳐 고발 내용의 일부를 인정하는 결과를 내놓았다. 감사원은 민간기업까지 수사할 권한은 없기 때문에 경남도와 부산시 자료와 실사를 통해 확인 가능한 범위 안에서만 감사해서 나온 결과였다.

거가대교 총공사비 중 침매터널 구간의 스프링클러 등 설비를 누락 또는 축소하거나 부력에 대한 안전율을 낮추는 방식 등으로 공사비 402억 원을 차감할 요인이 있으므로 통행료도 인하해야 한다고 분석하고 시정 조치를 내렸다.

검찰 고발

감사원 결과가 나온 뒤, 2011년 11월 검찰 고발이 이루어졌다. 사업시행사인 GK해상도로와 주무관청인 경상남도와 부산시, 그리고 책임감리단 등을 사기와 업무상 배임, 조세 포탈, 직무 유기 등의 혐의로 서울중앙지검에 고발한 것이다. 시행사가 사업비를 과다 책정하고 실제 시공은 저가로 해서 최대 9000억 원에 이르는 부당이익을 챙겼다는 게 핵심이었다.

서울중앙지검에서는 당시 사건을 부산지검으로 이첩했고 부산지검이 GK해상도로 임직원 등을 대상으로 현지조사를 마치고 이를 다시 서울중앙지검으로 넘겼고 서울중앙지검에서 사업계획서, 공사대금 집행 명세 등을 임의 제출 받아 분석했다고 한다. 여기서 주목할 것은 '압수 수색'이 아닌 '임의 제출'이다. 내 판단과 기대로는 충분히 압수수색할 만한 사안이라고 생각했지만 검찰은 관련자들이 임의로 제출한 자료만 가지고 수사한 것이다.

거가대교와 윤석열 부장검사

2013년 3월 서울중앙지검의 수사 결과가 발표됐다. 고발된 서종욱 대우건설 사장, 허남식 부산시장 등 관련자 15명에 대해 전원 무혐의 처분이 내려졌다. 수사를 담당했던 부서는 서울중앙지검 특수1부로 현재 윤석열 검찰총장이 당시 부장검사였다.

검찰은 "발주자와 수주사 측에서 수십 명의 전문요원을 동원해 수십 차례 회의를 진행하면서 각 항목별 소요비용을 점검해 공사비를 책정했다"면서 "사업비를 부풀렸다고 볼 근거가 없다"고 발표했다. "건설사가 확정이윤을 전제로 계약을 했다거나 공사비를 부풀리는 바람에 통행료가 비싸졌다는 의혹에 대해서도 근거가 없는 것으로" 결론 내렸고 발표했다.

수사 결과에 대한 발표 내용을 보면서 기가 막혔다. 감사원이 인정한 부분도 더 파고들지 않았고 발표 내용은 그간 GK해상도로 측이 앵무새처럼 반복해온 말 그대로였다. 적어도 기소는 되고 제대로 된 수사가 이루어질 거라고 생각했는데 기대가 무참하게 깨져버렸다.

최근 당시 검찰의 부실 수사를 언론이 기사화하면서 거가대교 문제에 대한 재수사를 촉구하는 여론이 들끓고 있다. 부디 제대로 된 재수사가 이루어져 거제와 부산 지역민들의 의혹이 말끔히 해소되고 거가대교 통행료가 더 인하되기를 바란다.

두 도지사와의 만남

김두관 도지사의 '모자이크 사업'

도정에 대해 견제와 비판만 한 것은 아니다. 김두관 지사 시절에는 함께 머리를 맞대고 도정에 대한 의논도 했다. 거제 지역에 조선해양엑스포를 유치하자고 제안했는데 김두관 지사가 취임 후 시행하려고 한 '모자이크 사업'의 일환이었다.

모자이크 사업은 김두관 지사가 지역 균형 발전을 위해 의욕적으로 추진했던 사업이다. 경남도 내 각 시·군이 개성과 장점을 살린 특색 있는 사업을 시행해 경남 전체가 하나의 커다란 모자이크처럼 조화를 이뤄 상생하자는 취지의 프로젝트였다. 각 시·군 사업비로 200억 예산을 지원해서 재정자립도가 낮은 곳도 시책사업을 추진할 수 있는 여건을 만들어주려고 했다.

모자이크 사업 전체에 대한 효과적인 시행 방법과 지역 간 연계 방법에 대해서도 함께 논의를 많이 했다. 로봇 랜드가 건설 중이던 창원 구산면과 거제 장목관광단지를 국도 5호선으로 연결하고 더 나아가 남해까지 다리로 연결해 관광벨트화하자는 논의를 했다.

모자이크 사업이 일부 시·군에서 시행되기는 했지만 김두관 도지사가 더 큰 뜻을 품고 도지사를 사퇴하면서 이 사업이 완성되지 못한 아쉬움이 크다. 나중에 보궐 선거를 통해 취임한 홍준표 지사 시절에는 이 사업의 규모가 대폭 축소되었다.

홍준표 도지사, "내가 니하고 왜?"

2013년 도지사 보궐 선거에서는 범야권 단일후보로 경남 도지사 선거에 출마한 권영길 후보의 정책기획실장을 맡아 선거 운동을 도왔다. 이후 홍준표 후보가 도지사가 당선했다.

홍준표 도지사에게 당선 축하 인사를 건네면서 거가대교와 김해유통단지 문제를 오래 조사해왔으니 앞으로 함께 잘 해결해보자고 말했다. 홍준표 지사가 표정이 굳어지더니 대뜸 반말을 했다.

"내가 니하고 왜?"

내가 다른 도지사 후보를 도운 걸 알고 있으니 충분히 기분이 나쁠 수는 있다고 이해했지만 기껏 손을 내미는 사람의 손을 쳐 내는 격이라 나도 기분이 좋지는 않았다. 무엇보다 오랫동안 그 문제에 집중해온 사람이 나라는 것을 홍 지사도 잘 알고 있을 텐 데 너무한다는 생각도 들었다. 첫 만남부터 심상치가 않았다.

시련과 도의원 사퇴

도의회 농수산위원회 위원장을 맡고 있을 때였다. 회의를 주재하고 있었는데, 회의가 길어지고 있었다. 그럴 때는 잠시 회의를 멈추고 도의회 전문 위원들이 회의 내용을 정리한 뒤 다시 회의를 속행했는데 보통 두 시간쯤 걸렸다. 의원들과 밖으로 나가 차를 한 잔 하면서 좀 쉬다가 회의장으로 돌아오고는 했다. 가끔 많이 피곤한 날은 도청 가까이에 있는 스포츠 마사지 업소에 가서 마사지를 받고 올 때도 있었다. 시간당 3만 5000원이었다.

스포츠 마사지 업소가 퇴폐 업소로 둔갑

그날도 오후에 1차 회의가 끝나고 의원들이 많이 피곤해하기에 위원장인 내가 내겠다고 하고 마사지를 받으러 갔다. 우리가 마사지를 받기 시작하고 5분쯤 지났을 때 갑자기 경찰이 들이닥쳤다. 퇴폐업소 단속을 나왔다는 것이었다. 내가 여기는 스포츠 마사지 하는 곳이라고 말했더니 경찰이 얼마 전부터 퇴폐 영업을 시작한 곳이라고 했다.

별일 아니라고 생각했다. 그 업소가 정말 그런 영업도 하는 곳이라 하더라도 우리는 스포츠 마사지만 받고 있었기 때문에 문제가 될 게 전혀 없다고 생각했다. 그런데 일이 이상하게 흘러갔다.

덫에 걸린 걸 알아차리다

다음 날 경찰의 연락을 받고 경찰서로 갔다. 똑같은 얘기가 반복됐다. 나는 그런 업소인 줄 모르고 들어갔고, 불법 행위 자체를 하지도 않았다고 했다. 경찰들은 그곳이 퇴폐 업소이기 때문에 조사를 할 수밖에 없다고 했다. 다른 사람들도 조사를 받았냐고 물었더니 경찰이 가타부타 말을 하지 않았고, 눈치가 이상했다. 내가 단도직입적으로 물었다.

"일반적인 단속이었습니까? 제보가 들어온 겁니까?"

"…."

"와 이라는 겁니까?"

"우리도 모릅니다."

"와 내만 부른 겁니까?"

"우리한테 말할 게 아닙니다."

경찰의 이상한 대답을 들으면서 분명하게 깨달았다. 누군가 나를 표적으로 삼은 것이었다. 내가 혼자 짊어지고 갈 일이라고 생각했다.

"다른 의원들은 부르지 말고, 나 혼자 간 걸로 하입시다."

"알겠습니다."

누군가가 치밀하게 짠 각본에 걸려들었다고 생각했다. 예상 대로였다. 다음 날 내가 퇴폐 업소 현장에서 경찰에 적발됐다는 기사가 쏟아지기 시작했다. 그날 오후에는 내 도의원직 사퇴를 요구하는 경남도 여성단체연합의 기자회견이 예정돼 있었다. 시 단위도 아니고 각지에 흩어져 있는 여성단체들이 그렇게 재빠르게 일시에 모이기 힘들다. 누군가의 사전 연락과 지시가 있었던 게 분명했다.

측근의 지인은 한탄하듯 나를 탓하기도 했다.

"적당히 좀 들이받고 다니지, 적을 그리 많이 만들어놨으
니…."

도의원 생활을 하면서 무수히 지적하고 끈질기게 물고 늘어
졌던 민자사업들이 하나하나 떠올랐다. 끝을 봐야 할 일들이 남
았는데 이렇게 무릎이 꺾이는구나 싶었다. 김해유통단지 문제
는 경남도와 롯데의 지분율 조정이 한 차례 있었지만 경남도의
지분율을 더 높이기 위해 계속 싸워나가야 했다. 거가대교 문제
는 무혐의로 결론 내린 검찰 수사 발표를 규탄하는 도의회 자유
발언이 며칠 뒤로 예정 되어 있었다. 결국 그 발언은 못하고 말
았다.

로비와 회유와 협박

3개월 전쯤 언론사에 있는 지인에게 들은 얘기도 생각났다.
거가대교 시공사 중, 한 대기업 건설사가 거제 지역 6개 언론사
를 모아놓고, 6개월 동안 광고를 책임져주겠다고 제안했다고
했다. 조건은 내 활동이나 발언은 기사화하지 말고, 내게 안 좋

은 일이 있을 때만 보도하라는 것이었다.

도의회에서 스페인 침매터널을 보러갔을 때도 생각났다. 거가대교 시공사 중, 한 대기업 건설사 전무가 나를 찾아왔다. 성의라며 작은 쇼핑백 하나를 내밀었다. 열어보니 백 달러짜리 다발이 가득 들어 있었다. 한 다발을 꺼내들었다. 전무의 얼굴 앞에서 현금을 찢어서 던지고 쇼핑백을 내팽개치고 나와버렸다.

또 다른 방식으로 제안이 들어오기도 했다. 거가대교의 가덕휴게소와 대검휴게소 두 개의 시공사가 아직 정해지지 않았다고 했다. 시공비가 수십억 원이었다. 참여할 업체를 선정해달라고 했다. 싫다고 했다.

가족들에게도 압박이 들어왔다. 아들이 옥포중학교에 다닐 때였다. 학교에서 나오는데 검은 양복을 입고 머리가 짧은 아저씨들이 다가왔다고 했다.

"느그 아무지 김해연이가?"

"네."

"느그 아부지 똑바로 살아라 캐라"

도의회가 열리는 중이라 창원에 있을 때였는데, 아는 경찰의 전화를 받았다. 집에 무슨 일이 있는 것 같다고 했다. 경찰이 출동했는데 자세한 사정은 아직 모르겠다고 했다. 급히 아내에게 전화해서 무슨 일이냐고 물었다. 우리 집이 아파트 2층이었는데 베란다 아래에서 검은 양복을 입은 사람 여러 명이 창에 돌을 던지며 내 이름을 부르고 욕을 하고 있다고 했다. 아내가 경찰에 신고했으니 걱정 말라고 했다. 전화를 끊고 아파트 자치회장에게 전화를 걸었다. 마침 집에 있었다. 사정을 설명하고 곧 경찰이 오겠지만 집으로 가봐달라고 부탁했다. 놀란 아파트 자치회장이 사람들을 모아서 우리 집 앞으로 갔고 곧 경찰도 왔다고 한다. 경찰을 본 그 남자들은 도망갔다고 한다.

마사지 업소 사건이 터지고 나서, 그동안 나 때문에 고초를 겪어온 가족들에게 새삼 너무 미안했다. 험상궂은 사람들이 집 앞에서 위협하는데도 창원에 있었던 내게는 걱정할까 봐 전화도 하지 않고 혼자 해결하려고 경찰에 신고하고 집 안에서 떨고 있었을 아내를 떠올렸다. 학교 앞에서 이상한 남자들을 만난 중학생 아들은 또 얼마나 무서웠을까. 나 하나는 괜찮지만 가족들에게 더 무슨 일이 벌어질까 두려웠다.

'립 카페'와 '논두렁 시계'

내 사건은 점점 확대 재생산됐다. 어느새 스포츠 마사지 업소는 '립 카페'라는 이름으로 기사에 나오고 있었다. 언론의 그릇된 낙인이 얼마나 무서운지도 절감했다. 고 노무현 전 대통령의 '논두렁 시계'가 생각났다. 누군가의 조작이 개입하고, 언론에 의해 침소봉대되는 과정이 닮아 있었다.

소나기는 잠시 피하는 수밖에 없다고 결론 내렸다. 도의원 사퇴를 발표하는 기자 회견을 했다. 만감이 교차하면서 순간적으로 억울함이 치솟아 카메라 앞에서 눈물을 보이고 말았다. 할 말은 많았지만 말을 아꼈다. 그래야 한다고 생각했다. 사회적, 정치적 매장의 방식이 너무나 치졸해서 화가 났지만, 뒤를 받쳐 주는 정치세력이 없는 일개 도의원인 내가 더는 혼자서 감당하기 버거웠다. 가족들 생각도 해야 했다.

지인들은 지금도 내게 그때 사퇴는 하지 말았어야 한다고 말한다. 사퇴하는 바람에 사람들은 잘못된 기사를 기정사실화해버렸고, 그 뒤에 나온 조사 결과 따위에는 관심도 갖지 않는다고 말한다. 하지만 그때로 다시 돌아간다고 해도 나라는 인간이 바뀌지는 않을 것 같다. 같은 선택을 했을 것이다. 결국 나는 불기소, 무혐의 처리를 받았다.

2008년, 경남도의회 교섭단체 '새희망연대' 대표 시절, 밀양 농촌 봉사활동

경남도의회 민주개혁연대 본회의장 농성

경남도의회 민주개혁연대 주최, 4대강사업의 문제점과 개선방안

경남도의원 시절, 거가대교 운영권 매각 반대 일인시위

경남도의원 시절, 도의회 앞에서 올바른 지방차치 관련 MBC 인터뷰

경남도의원 시절, 아이들과 즐거운 한때

4

재정비와 단련의 시기

대우조선으로 돌아가다

대우조선으로 돌아갔다. 총부팀에서 시청, 도청을 상대하는 대외협력 자리를 주겠다고 했다. 시의원, 도의원을 지냈으니 관을 상대하는 일을 해서 회사에 도움이 되게 하라는 뜻이었다. 특히 도청에 인맥이 별로 없었던 회사 입장에서는 나 같은 사람이 필요했을 것이다. 그러나 그런 일은 하고 싶지 않았다. 현장으로 돌아가겠다고 해서 원래 일하던 탑재 2부로 돌아갔다

노동 현장에서 일하다

현장에서 다시 생산직에 뛰어들었다. 취부, 용접, 사상을 해서 선박의 구성품인 블록을 만들어내는 일이었다. 선박은 30만개 정도 되는 블록으로 이루어진다. 이 블록을 만드는 일을 했

다. 그리고 현장의 불합리하고 불안전한 부분들을 개선해 현장 노동자들이 효율적이고 안전하게 작업할 수 있는 환경을 만들기 위해 노력했다.

조선소 내에는 위험한 기계들이 많고 바닥 철판에도 요철이 많아 무엇보다 안전이 중요하다. 한 번 사고가 나면 큰 부상을 입는 경우가 많기 때문에 다치는 작업자가 없도록 작업 환경을 잘 살펴야 했다. 사람의 안전과 생명이 걸린 일이라 어떤 일보다 중요하다는 생각으로 작업환경 개선을 위한 제안을 많이 했다. 내 제안을 진급을 앞둔 사람에게 양보하기도 했다.

안전과 능률을 위한 제안을 하다

작업자들이 블록 표면 작업을 할 때 올라가는 이동식 사다리에 핸드 레일이 없어 위험하다는 지적을 하고 핸드레일을 설치하기도 했다. 핸드레일이 없던 때는 작업자가 1~2미터 높이에서만 떨어져도 크게 다치는 경우가 있었다.

선체의 한 조각인 블록과 블록을 붙이는 용접 작업을 하기 전에 높이를 비슷하게 하기 위해서 러그를 부착한다. 블록 연결 작업이 끝나면 이 러그를 제거해야 한다. 러그를 토치로 태워서 분리시키는데 이때 철판 표면의 페인트가 타면서 유독가스가 발생한다. 노동자들의 몸에 좋을 리가 없고 나중에 표면에 다시 칠도 해야 했다.

이 러그를 달지 말고 블록을 놓기 전에 반목(나무)으로 블록 높이를 조정해서 두 블록의 높이 차이를 최소화하자고 제안하기도 했다. 나중에 러그를 제거하는 수고를 덜 수 있다. 그냥 하던 대로 하자는 작업자도 있었지만 내 제안대로 작업이 이루어졌고 나중에는 제안에 반대했던 작업자도 바뀐 방식이 더 효율적이라고 인정했다.

러그는 거대한 블록을 들어올리기 위한 용도로도 쓰이는데 나중에는 다 제거해야 한다. 작업자들이 토치로 태워서 분리하는 작업 방식을 바꾸기 위해 러그를 절단하는 기계 구매를 제안했고 구매가 이루어졌다. 이후 러그 제거 작업이 수월해졌다.

대학 강단에서 맞닥뜨린 청년들의 현실

다시 대우조선 현장에서 일하고 있을 때, 거제대학교 총장에게서 겸임교수 제안을 받았다. 대학을 가지 못해 계속 공부에 미련이 있었던 나는 시의원, 도의원 생활을 하는 틈틈이 대학을 다녔다. 거제대학교 조선기계과, 경상대학교 기계공학과를 졸업했고 부산대학교 대학원 기계공학과에서 석사를 땄기 때문에 대학에서 강의를 할 수 있게 된 것이다.

조선기계과 전공 강의와 진로 탐색 교양 과목 강의를 맡았는데 젊은 친구들을 보면서 무척 안타까웠던 적이 있다. 교양 강의에서 취업 체험을 미리 해보자는 의미에서 학생들에게 이력서와 자기소개서를 써보도록 했다. 학생들이 이력서와 자기소개서를 읽다가 절로 한숨이 나왔다. 아르바이트 이력이 없는 학생이 거의 없었고 여러 가지인 학생도 많았다. 그 아르바이트

거제대학교 교수 시절, '나의 발전과 진로' 교양과목 수강한 유아교육과 학생들과 함께

가 진로와 연결되는 일이 전혀 아니었다. 대부분 편의점 일이나 식당 서빙 등의 오로지 돈을 벌기 위한 아르바이트였다.

요즘 학생들이 얼마나 힘들게 공부하고 있는지 절감했다. 기성세대로서 미안한 마음이 들었다. 학생들이 생활비와 학비를 걱정하지 않고 공부에 매진할 수 있는 사회, 졸업 후 취업 걱정 없는 사회를 만들어주지 못해 정말 미안했다. 청년들의 미래, 거제의 미래를 위해 더욱더 열심히 뛰어야겠다고 다짐했다.

거제 시장 선거 출마

2014년 거제시장 선거에 출마했다. 상대 후보는 자유한국당 권민호 전임 시장, 윤영 전 국회의원이었다. 나는 무소속이었지만 민주당을 비롯한 야권 모두 합의한 단일 후보가 돼서 출마했다. 당시 거제는 자유한국당의 텃밭이었기 때문에 25% 정도만 득표해도 선전하는 것이라고 생각했다. 결과는 권민호 후보가 당선되고 나는 2위로 낙선했지만 38%, 3만 7973표를 받았다. 예상 외로 많은 분들이 지지해주셨다.

비록 낙선했지만 진보 야권이 거제에서도 통할 수 있다는 희망을 보고 위안을 삼고 있는데. 검찰에서 연락이 왔다. 선관위에 후원 내역을 허위로 신고했다는 고발이 들어왔으니 정치자금법 위반 여부를 조사받으러 오라는 것이었다. 이후 6개월

동안 7차례나 불려갔다. 조사받는 것도 힘들었지만 그보다 더 힘들었던 것은 공식후원금을 낸 사람들까지 불러 들여서 조사한 것이었다. 넉넉지 않은 형편에도 나를 믿고 후원해준 사람들이었는데 검찰조사까지 받게 만들어 너무 미안했다. 나중에는 검찰 조사관이 내게, 청렴하게 살아온 것을 잘 알지만 위에서 시키니까 어쩔 수 없다며 미안해했다. 결국, 무혐의 결과가 나왔다.

건강 이상으로 입원하다

다음 해에 정기 건강검진을 받았는데 이상이 발견됐다. 대우 직원은 대우병원에서 정기 건강검진을 받을 때 MRI 검사를 받을 수 있다. 몇 년 사이 스트레스가 극심한 일들을 겪었기 때문에 그 전 해에는 심장 MRI를 받았는데, 별 이상이 없었다. 그해에는 왠지 머리를 찍어보고 싶었다. MRI 검사를 받고 결과가 나왔는데, 뇌에 3밀리미터 정도 되는 물혹이 있으니 수술을 하는 게 좋겠다고 했다.

과연 수술을 할 것인지, 한다면 어디서 할 것인지 결정하기 위해 여러 방면으로 알아보기 시작했다. 서울 경희의료원에서 두피나 두개골을 절개하지 않는 감마나이프 수술법이 있다고 해서 진료를 받았다. 담당 의사가 물혹의 위치가 시신경 근처라 감마나이프 수술은 안 하는 게 좋겠다고 중앙대학병원 권정택

교수를 소개해줬다.

중앙대학병원에 입원을 하고 두개골을 절개하지 않고 작은 구멍을 내서 수술하기로 했다. 그리 큰 수술은 아니었지만, 수술은 수술이고 부위가 뇌 쪽이다 보니 걱정이 안 될 수 없었다. 한동안 입원도 해야 했다. 몇 년 사이 너무 많은 일을 겪었기에 수술을 계기로 당분간 쉬기로 마음을 먹었다.

수술 후 입원하고 있는 동안에 지인들의 병문안도 거절하고 한동안 연락도 잘 받지 않았다. 병실에 누워 있는 약한 모습을 가족 외에는 보여주고 싶지 않았고, 그즈음 우리나라에 메르스 사태가 났기 때문이기도 했다.

아들의 고민을 듣다

거제 애광학교에서 교사로 일하고 있는 아내는 주말에 서울과 거제를 오갔고 평일에는 아들이 수시로 곁을 지켜줬다. 그때 아들은 서울 외국어대학교 터키어과 1학년이었다. 아들은 어릴 때도 말수가 별로 없는 편이었는데, 대학교에 입학하면서 더 과묵한 청년이 됐다. 나는 그냥 '아들이 어른이 되어가는구나'라고만 생각했다. 그런데 아들과 긴 시간을 함께 있다 보니 뭔가 고민이 있는 것 같았다.

"니 표정이 요새 와 그리 어둡노?"

"아인데예."

"아이기는… 아부지 걱정돼서 그라나? 수술 잘 됐는데 뭐가 걱정이고?"

"그기 아이고… 사실은….”

대학 생활에 적응 못한 아들

그제야 아들이 그동안의 고민을 털어났다. 아들은 대학 생활에 잘 적응하지 못하고 있다고 했다. 학과 공부가 적성에 맞지 않고 대학 친구들이 촌놈이라고 은근히 무시하고 사투리 말투를 자꾸 놀린다고 했다. 아들에게 사투리 가지고 놀리는 친구들이 생각이 덜 떨어진 거니 그냥 무시하라고 했다. 지역색과 지역 문화가 얼마나 보존 가치가 높고 소중한 건지 모르는 녀석들하고는 어울리지 말라고 했다.

문제는 적성에 맞지 않는 학과였다. 아들에게 어떻게 하고 싶으냐고 물었더니 다시 수능을 쳐서 다른 대학에 지원해보고

싶은 마음도 있지만 시간 낭비만 한 결과가 될까 봐 망설여진다
고 했다. 내가 기왕 그런 마음이 들었으면 해보라고 했다.

"일 년 그거, 아무것도 아이다"

"떨어지면 어떻노? 일단 해보고 싶은 건 해보고 포기해야 후
회가 없지. 지금은 일 년 억수로 긴 거 같재? 친구들보다 뒤쳐
질까 봐 불안하재? 세월 지나서 돌아봐라. 일 년 그거, 아무것도
아이다. 괜히 적성에 안 맞는 일 억지로 하다가 나중에 한참 나
이 더 들어서 후회하는 것보다 훨씬 낫다. 그때는 방향 전환이
아예 불가능할 수도 있다."
  고개를 끄덕이는 아들의 표정이 한결 밝아졌다.

그동안 마음고생이 심했을 아들이 안쓰러웠다. 진즉에 고민
을 털어놓았으면 좋았을 텐데, 아들이 쉽게 고민을 털어놓지 못
하는 아버지였다는 자책도 들었다. 어릴 때 많은 시간을 함께
해주지 못한 아들이었다. 잘 못 해준 기억만 자꾸 떠올랐다. 아
들을 심하게 혼냈던 기억도 났다.

병아리 사건

아들이 초등학교 1학년 때였다. 집으로 가고 있었는데 아파트 단지 놀이터에 아이들 몇 명이 모여 있었고 그 사이에 아들도 보였다. 아이들 쪽으로 다가가다가 깜짝 놀랐다. 아이들이 병아리를 괴롭히고 있었다. 한 아이가 병아리를 들고 있었고, 다른 아이가 병아리 머리 위에 계속 생수를 붓고 있었다. 놀란 내가 물었다.

"느그 지금 뭐하노?"

"병아리가 얼마 만에 죽는지 실험하고 있는데예."

"누가 느그 코하고 입에다가 계속 물 부으면 좋겠나?"

그제야 아이들은 서로 눈치를 보면서 병아리에게 물을 붓는 걸 멈췄다.

아들을 데리고 집으로 들어가 호되게 나무랐다.

"친구들이 그런 장난을 치면 말려야지. 구경만 하고 있었나?"

"그냥 궁금해가…."

"병아리가 죽어가는 게 재밌드나?"

"그건 아이고…."

"생명 있는 건 다 귀한 기다! 지렁이 한 마리도 죽이지 마라! 알았나?"

"예."

혼나는 내내 겁먹은 얼굴이던 아들이 고개를 갸우뚱하며 물었다.

"근데, 모기도예?"

입원으로 얻은 소중한 것들

마냥 어리고 철없을 것 같던 아들이 건강하게 잘 자라 준 게 새삼 기특하고 고마웠다. 생전 처음 병원에 장기간 입원한 시간이 아들과 단둘이 긴 시간을 보내고 많은 대화를 하게 해준 선물 같은 시간이었다. 아들의 큰 고민을 해결하게 해준 고마운 시간이었다.

아들은 반년 동안 재수를 해서 경북대학교 생명과학부에 입학했다. 문과에서 이과로 전격적으로 과를 바꿨지만 학과 공부도 재미있어 하고 과대표도 맡아 하면서 대학 생활을 잘 해나가고 있다. 사실 대학교에 잘 적응한 가장 큰 이유는 여자 친구가 생긴 덕분인 것 같기도 하다.

건강이상설이 사망설로 이어지다

수술과 퇴원 이후 잠시 활동을 멈추고 나 자신과 가족을 돌아보는 휴식기를 보냈다. 오랜만에 전화 통화가 된 친구가 내가 전화를 받자마자 대뜸 말했다.

"니 죽었다매?"

"뭔 소리고? 죽은 사람이 우찌 전화를 받노?

한동안 쉬었더니 내 건강에 치명적인 문제가 생겼다는 소문에 이어 죽었다는 소문까지 돌았다는 걸 알게 됐다. 공교롭게도 그즈음 나와 이름이 똑같은 대우조선 선배의 부고가 있었다고 했다. 부산기계공고 선배이기도 했고, 이름까지 같아서 오해가 생겨 내가 죽었다는 소문까지 돌았던 것이다.

'경남미래발전 연구소' 활동에 매진하다

휴식기를 거친 뒤, 지방자치 행정을 전문적으로 연구하는 '경남미래발전 연구소' 활동에 매진했다. 경남미래발전 연구소는 거제와 경남의 산적한 문제에 대해 연구하고 발전적 대안을 제시하기 위해 2014년에 만든 연구소이다. 내가 연구소 이사장을 맡고 변호사, 회계사, 대학 교수 등, 각 분야 전문가들을 고문단과 정책자문위원단으로 위촉해 만들었다.

시의원, 도의원 생활을 하면서 굵직한 현안에 문제를 제기하고 해결책을 만들어 나갔지만 단 한 번도 수월했던 적이 없었다. 매 현안마다 다양한 방면의 전문적 지식이 필요했고 각계 전문가들의 도움을 받았다. 그들과 상시적으로 힘을 합쳐 함께 연구하는 단체를 만들면 좋겠다는 생각이 들어 경남미래발전 연구소를 만들게 된 것이다. 무조건적인 개발 위주 정책을 양산

하기보다는, 미래 세대를 위해 장기적 관점에서 지속 가능한 발전적 대안을 제시해 나가자는 목표도 세웠다.

개소 이후 지금까지 지역의 현안인 거가대교 문제, 가덕도 신공항 문제, 대통령 별장 '청해대'가 있는 '저도' 반환 문제를 심도 있게 연구하고 관련 세미나를 여는 등 지역 여론을 이끄는 역할을 해왔다. 2016년부터는 매년 경남의 미래를 빛낸 인물에게 시상도 하고 있다. 사회봉사, 언론, 의회, 사회복지, 공무원, 지역사회 등 여섯 개 분야에서 수상자를 뽑아 시상하고 있다.

지역 봉사활동 중 만난 인연

뜻을 같이하는 이들과 함께 지역 봉사활동도 지속적으로 하고 있다. 태풍으로 넘어진 벼 세우기와 추수 봉사도 하고 난방용 땔감 봉사도 하고 있다. 봉사하는 동안 절대 지역민에게 폐를 끼치지 말자는 철칙을 세워서 봉사 중 식사는 시켜 먹고 물도 항상 갖고 다닌다.

땔감 봉사는 면사무소에 연락해 아궁이나 화목 난로에 장작을 때는 가구 중, 나무를 구하고 장만하기 힘든 지역민이 사는 집을 추천 받아서 땔나무를 배달해주는 일이다. 지역 현안 해결을 위해 전문가들과 머리를 맞대고 연구하는 것만큼 어려운 지역민을 위해 발 벗고 나서는 일도 중요하다고 생각하기 때문에 지속적으로 하고 있는 일이다.

땔감 봉사를 하다가 만난 분 중에 이진암에 살고 있는 김진주 씨가 있다. 이진암은 원래 김진주 씨 어머니 소유의 개인 사찰이었는데 어머니가 돌아가시면서 김진주 씨가 물려받았다고 했다. 올해 3월에 새로 오신 주지 스님도 같이 만났는데 원래 사회 운동을 했던 분이라고 했다. 두 사람은 앞으로 지역을 위한 활동을 함께하기로 뜻을 모았고 이진암을 사단법인화해서 템플 스테이도 운영하고 여러 가지 지역 연계 활동을 계획 중이라고 했다.

김진주 씨는 박노해 시인의 부인이었다. 박노해 시인의 부인이 거제에 내려와 살고 있다는 소식은 오래전에 들었는데 만날 기회가 없다가 드디어 만나게 된 것이다. 젊은 시절 노동 운동을 하던 때에 박노해 시인의 글을 많이 읽었고 김진주 씨가 아버지의 이야기를 쓴 책『아버지의 라듸오』도 재밌게 읽었던 터라 무척 반가웠다.

박정희 대통령의 훈장을 받은 아버지와
민주화 운동을 하는 딸과 사위

김진주 씨의 아버지는 '금성사'에서 우리나라 최초의 국산 라디오를 만든 엔지니어였다. 당시 박정희 대통령에게 산업포

장까지 받은 한국 전자산업의 선구자였다. 산업포장을 무척 자랑스러워해서 거실에 걸어뒀던 아버지는, 딸과 정치적 견해가 달라 갈등의 골이 깊었다고 한다. 아버지는 4남매 중 고명딸인 김진주 씨와 사위 박노해 시인이 민주화 운동으로 투옥되는 걸 지켜보며 아마도 무척 힘들었을 것이다. 이에 대한 아버지의 소회가 인상적이었다.

"내 딸과 사위가 감옥에 있는 동안에 거실 한가운데 영광스럽게 걸어두었던 산업포장을 거두어 서랍 속에 넣었다. 모든 것이 변화하는 20세기 말에는 그 상장의 의미도 빛이 바래고 말았다는 생각이 들어서였다. 조국 근대화의 주역으로 산업현장에서 심혈을 바쳤던 우리 세대는 위대했지만 대한민국 정부가 수립된 이래로 수많은 사람이 민주주의를 위해서 희생을 당했던 고통을 강요하거나 외면해온 죄를 짓기도 했다. 그 때문에 우리는 다음 세대에게 민주화의 주역이라는 임무를 떠넘기게 됨으로써 우리 사회가 더욱 엄청난 대가를 치러야 했던 것이다."

정치적 동지이자 평생의 반려인 부부

김진주 씨에게 박노해 시인과의 만남에 대해 물어봤다. 대학 시절, 김진주 씨는 약자의 편에 서서 그들에게 힘이 되는 일을 하며 살아야겠다는 생각은 했는데 어떻게 실천할지는 몰랐다고 한다. 그즈음에 박노해 시인을 만났고 그가 사회 참여의 길을 열어줬다고 했다. 그러다 시간이 흘러 정치적 동지가 평생의 반려가 됐다고 했다.

김진주 씨가 박노해 시인의 책 『하루』를 선물로 주면서 다음에는 박노해 시인의 친필을 받아주겠다고 했다. 기회가 되면 박노해 시인과 거제 시민들이 만나는 자리를 마련해볼 생각이다.

오랜 인연을 돌아보다

정치의 길로 본격적으로 들어선 것은 시의원 생활을 시작한 2001년부터라고 할 수 있지만 어찌 보면 대우조선 노동자로서 노동운동에 참여하면서부터 정치의 길에 들어섰다고 할 수 있겠다. 그 길 위에서 많은 사람을 만났다. 고 노무현 대통령, 고 노회찬 의원, 심상정 의원을 처음 만난 것도 노동운동의 길 위에서였으니 어언 30년 가까운 세월이 흘렀다.

혈기왕성하고 불의를 보면 참지 못하고 달려들기만 했던 내게 인생사에 대한 조언과 위로를 건넨 고마운 분들이다. 본격적으로 정치를 시작하고 만난 감사한 분들도 많다. 일일이 거명하기 힘든 많은 분 가운데 몇 분과의 인연을 되새겨본다.

소탈하고 검소했던 노회찬 의원

　창원 노동운동 현장에서 처음 만나 알게 된 뒤, 내게 큰 일이 있을 때마다 위로와 격려를 많이 해주셨던 분이 노회찬 의원이다. 내가 본격적으로 정치 활동을 시작했을 때, 사람 중심의 사회를 구현하기 위해 정치할 때도 항상 사람을 중심에 놓고 생각하라고 했고 권력에 빌붙지 말라고 조언했다. 내가 첫 당적을 민주노동당으로 갖게 된 것도 노회찬 의원 때문이었다. 노회찬 의원이 노동자를 대변하는 정당의 필요성을 역설하면서 노동자도 정치를 해야 한다고 했다. 나중에 정의당 입당을 권했을 때는 거절했던 일이 지금도 미안함으로 남아 있다.

　노 의원은 거제 지역에 일이 있어서 오게 되면 바쁜 와중에도 꼭 시간을 내서 함께 밥이라도 한 끼 했다. 만날 때마다 내 아이들 이름을 기억하고 안부를 묻기도 했다. 내가 회를 대접하려고 하면 돼지국밥이나 한 그릇하자고 하던 소탈하고 검소한 분이었다. 대중에게는 촌철살인의 달변가로 알려졌지만 같이 있으면 말이 별로 없었다. 내가 물었던 적이 있다.

　"말 잘 하신다고 억수로 유명해지셨던데, 와 내하고 만나면 말이 별로 없습니까?"

"촌철살인은 적군한테나 써먹는 거고, 우리끼리는 말 안 해도 알잖아."

도의원 시절, 노회찬 의원에게 기계공고 후배인 여영국 도의원을 처음 소개해주고 나중에 여 의원이 정의당으로 갈 때 다리를 놓아준 게 나였다. 여영국 의원은 노회찬 의원이 돌아가신 뒤, 노 의원의 지역구였던 창원 성산구 보궐 선거에서 국회의원에 당선됐다. 정의당 이정미 대표가 여 의원의 당선 소식을 들은 뒤, 이제는 노회찬 의원 탈상을 할 수 있겠다고 했던 게 지금도 기억난다. 여 의원은 당선 다음 날, 당선증을 가지고 노 의원 묘소를 찾았다.

노회찬 의원의 죽음은 내게도 큰 충격이었다. 노무현 대통령의 죽음이 연상되지 않을 수가 없었다. 두 분 다 도덕적 결벽증이 심했던 분들이다. 두 분이 이루고자 한 사회를 만들기 위해서 강해져야겠다고 다짐했다. 나를 쥐고 흔들려는 사람들은 분명히 또 있을 것이기 때문이다.

친누나 같은 심상정 의원

노회찬 의원과 같은 시기, 노동현장에서 심상정 의원을 처음 만났다. 당시 심상정 의원은 민주금속연맹 사무처장이었고 이후 오랫동안 금속노조 일을 해서 '철의 여인'이라는 별명도 갖게 됐다. 대우조선 문제에 대해 얘기를 많이 나누면서 친해졌는데 나중에는 친누나처럼 격의 없이 지냈다. 노회찬 의원과 함께 내가 민주노동당에 입당하게 된 계기가 된 분이다.

민주노동당이 내부적으로 많은 우여곡절을 겪는 동안 한결같이 심상정 의원을 옹호했다. 당원들의 의견이 엇갈릴 때, 지도자가 방향을 정해주면 일단은 따라줘야 하지 않겠냐고 설득하기도 했다. 내가 도의원직을 사퇴했을 때 가장 먼저 전화해준 사람도 심상정 의원이었다. 불의에 굴하지 말고 맞섰어야지 왜 사퇴했냐고 안타까워했다.

배울 점이 많은 박원순 서울시장

박원순 서울시장이 초선일 때 경남도의회를 방문한 적이 있는데 그때 도의회에서 처음 만났다. 이후 따로 연락하는 사이가

됐고 박원순 시장이 거제를 방문할 때마다 만나거나 내가 서울
로 가서 시장 관사나, 삼양동 옥탑방을 찾아가 만나기도 했다.

박원순 시장이 대선 후보 경선을 앞둔 때, 마침 서울에 일이
있어 올라갔다가 만난 적이 있다. 박원순 시장의 측근이 서울
외 지역에서의 지지도를 높이기 위해 지방 순회강연을 권하자
박원순 시장이 이렇게 대답했다.

"내가 처음으로 서울 시장에 도전했을 때 내가 될 거라고 생
각한 사람이 있었습니까? 심지어, '서울시장 후보 박원순은 누
구?' 라는 헤드라인을 단 신문기사까지 나오지 않았어요? 모든

건 다 때가 있는 거고 너무 안달할 필요 없습니다."

박원순 시장은 일희일비하지 않고 기다리는 법을 아는 사람이었다.

서울시청을 방문했을 때는 직접 청사를 안내해 주기도 했다. 위기관리 컨트롤타워인 '서울안전 통합상황실'이 인상적이었다. 대형 스크린에 실시간으로 서울시의 기상, 사고, 교통 상황이 업데이트 되고 있었다. 기상 악화나 재난 상황 발생 시 모든 정보와 자료를 바로 확인하고 신속한 대응이 가능하도록 구축해놓은 시스템이었다. 박원순 시장의 아이디어로 서울시에 처음 만들어졌다고 했다. 박원순 시장은 일중독이라고 알려져 있는데, 일에 몰두하다 보니 자연스럽게 아이디어도 샘솟는 모양이었다. 이후, 명칭은 조금씩 다르지만 청와대를 비롯한 전국 지자체에도 이 시스템이 도입됐다고 한다.

5
다시 도약하는
거제의 미래를 위하여

조선 산업과 관광 산업

오랫동안 양대 조선소가 지역 경제를 부양해온 거제 지역은 조선 산업의 침체로 한때 힘든 시기를 보냈다. 근래 조선 산업 수주가 다소 늘어나기는 했지만 앞으로 예전 같은 활황기가 다시 돌아오리라 기대하기는 어렵다. 게다가 산업은행이 대우조선을 현대중공업에 매각하기로 하면서 거제 지역 조선 산업은 또 다시 격랑에 휘말리고 있다. 거제지역 경기를 부양할 또 다른 대안인 관광 산업 육성이 무엇보다 중요한 시점이다.

지금 거제 지역에는 관광 산업 육성과 직결되는 현안들이 산적해 있다. 가덕도 신공항 유치, 남부내륙 고속철도 조기 착공, 저도 반환 문제, 사곡만 해양 플랜트 국가산업단지 용도 변경 등이다. 지자체와 지역민이 함께 이러한 당면 과제들을 지혜롭게 해결해 나가야 한다. 조선 산업을 지켜나가면서 관광 산업

김주영 소설가(역사소설 『객주』), 김한겸 전 거제시장, 이재용 배우와 함께

육성에 힘을 기울인다면, 우리 거제는 다시 한 번 조선 산업이
활황이던 때처럼 도약할 수 있을 것이다.

대우조선 매각 문제

지난해 2019년 초, 대우조선의 최대 주주인 산업은행이 대우조선을 매각한다고 일방적으로 발표하고 수많은 우려와 반대에도 불구하고 현대중공업에 대우조선을 헐값에 팔아넘겼다. 단적으로 말해, 대우조선 매각은 밀실에서 이루어진 재벌 특혜이다.

이후, 현대 그룹은 한국해양조선과 현대중공업의 물적 분할안을 임시 주주총회에서 통과시켰다. 본격적인 대우조선 인수와 현대중공업 일가의 경영권 승계 작업의 일환이었다. 현대중공업과 대우조선의 합병은 결코, 조선 산업의 경쟁력 강화를 위한 방법이 아니다. 거제 지역 경제를 죽이고 현대가의 이익만 높이는 일일 뿐이다.

한국 조선 산업의 몰락으로 이어질 대우조선 매각

대우조선 매각은 수많은 거제 지역 조선 관련 업체의 몰락을 가져올 수 있고 한국의 조선 산업 생태계 자체를 파괴하는 것이다. 한국 조선 산업의 미래를 재벌의 손아귀에 쥐어주는 결정이었다. 국내 조선 산업을 독식한 재벌의 이익이 극대화되는 사이, 거제 지역 경제는 송두리째 나락으로 떨어질 수 있다.

합병 반대 여론이 거세지자 현대중공업은 합병 후에도 대우조선의 자율 경영 체제 유지, 노동자 고용 안정, 협력 부품업 기존 거래처 유지 등을 약속했지만 과연 합병 후에도 이 약속들이 지켜질지 의문이다.

대우조선과 현대중공업 합병은 '기업결합 심사'라는 최종 단계만 남았다. 현대중공업은 국내 공정거래위원회에 기업결합 심사 신청서를 냈다. 이어 현대중공업과 대우조선 양쪽에 수주를 주고 있던 유럽, 중국, 카자흐스탄, 싱가포르, 일본 여섯 개 나라 공정위에도 기업결합 승인을 요구했다. 아마도 2020년 안에는 모든 심사가 끝날 것으로 예상된다.

현대중공업이 대우조선을 합병하면 세계 조선 수주율이 50%를 넘게 된다. 해외 조선 산업 경쟁국들이 기업결합 심사

경남도의회 경제환경위원회에서 대우조선 매각 문제 관련 경영진과의 간담회

를 순순히 승인할 리가 없다. 기업결합의 효과를 낮추기 위해 특정 선종 비율 제한이나 생산 시설 축소를 전제로 조건부 승인할 가능성이 높다. 이는 전체 한국 조선업 자체의 축소로 이어질 수밖에 없다.

조선 산업의 재벌 사유화 저지

국가 기간산업인 조선 산업을 재벌이 사유화하면, 독과점과 불공정 경쟁을 우려한 경쟁국에 의해 물량과 설비 축소를 강제

당할 수 있는 것이다. 이렇게 되면 거제 지역 조선 업계에는 또 한 차례 대규모 구조조정과 역량 축소가 불가피해진다.

대우조선과 현대중공업 기업결합 심사는 승인되지 않아야 하고 대우조선 매각도 원점에서 다시 검토되어야 한다. 조선 기자재 업체, 협력업체의 생사와 수만 명의 조선 노동자들의 삶과 일자리가 달린 문제이다.

언론 기고 등을 통해 여러 차례 대우조선 매각의 문제점과 반대의사를 표명하고, 여러 단체와 함께 대우조선 매각반대 운동도 벌이고 있다. 대우조선 매각은 언젠가는 이루어질 일이지만 현대중공업으로 매각하는 것은 원점에서부터 다시 검토되어야 한다. 이를 위해 지역민과 함께 지속적으로 목소리를 내고 정부와 지자체에 해결 방안 마련을 요구할 것이다.

'굴뚝 없는 황금 산업', 비즈니스 관광 산업

거제 지역 경제의 지속적인 성장을 위한 대안은 관광산업 육성이다. 우리 거제는 아름다운 천혜의 자연환경과 다수의 역사 유적지를 가지고 있다. 지금도 거제가 각광받는 관광지이기는 하지만 관광객들이 계절적으로는 여름철에만, 지역적으로는 남부권에만 집중되는 경향이 있다. 다양한 관광 자원을 개발해 사계절 관광객이 찾는 거제로 만들기 위한 방안이 필요하다.

'굴뚝 없는 황금 산업'이라 불리는 일명 '마이스(MICE) 산업'을 거제 관광의 패러다임으로 삼아야 한다. 마이스 산업은 '비즈니스 관광'이라고 불리기도 하는데, 회의(Meeting), 포상관광(Incentives), 컨벤션(Convention), 전시(Exhibition) 네 분야를 통칭하는 말이다. 개인을 대상으로 하는 일반 관광산업과 달리 기업이나 공적인 기관을 대상으로 하는 산업이라 일반 관광산업보다 부가가치가 훨씬 높다. 비즈니스 관광객이 현지에서 지출하는 일인당 금액이 일반 여행자들보다 약 1.8배가량 높다는 통계도 있다.

비즈니스 관광 산업의 롤 모델, 싱가포르

싱가포르는 비즈니스 관광 산업에 집중해 성공한 나라이다. 우리 거제는 싱가포르를 롤 모델로 삼아 벤치마킹할 필요가 있다. 싱가포르는 지정학적 조건을 잘 활용한 국제적인 교통의 중심지이다. 항공 이용이 수월하고 공항, 교통, 숙박 등 관광 인프라가 잘 갖춰져 있다. 싱가포르는 초호화 고층빌딩과 천혜의 자연환경을 잘 활용한 다수의 휴양지를 개발해서 전 세계 정부와 기업을 상대로 성공적인 영업을 해오고 있다.

싱가포르는 관광 인프라를 갖춰 놓고 가만히 앉아서 외국 관광객이 찾아오기를 기다리는 것이 아니라 여러 나라 정부와 각종 글로벌 기업을 상대로 영업을 잘 하는 것으로 유명하다. 이 영업 덕분에 국제회의, 글로벌 대기업의 연수 관광, 국가 간 정상이나 장관들의 회담, 다양한 업계의 최신 트랜드를 보여주는 전시회를 다수 유치하고 있다. 2018년 북미 정상 회담이 싱가포르에서 열린 것이 우연만은 아닌 것이다.

거제는 해상, 육상, 항공의 물류 중심지로 발전할 가능성이 높기 때문에 비즈니스 관광 산업에 최적화된 입지이다. 거제가 싱가포르보다 더 나은 것도 있다. 육지와 연결돼 있다는 점이다. 거가대교의 연결로 부산 신항만과도 가깝고, 남부내륙 고속철도 종착지로도 이미 확정됐다. 여기에 동남권 신공항이 가덕도에 준공되면 육해공 삼박자가 맞아떨어지게 된다. 한국의 관광객뿐 아니라 신공항에 도착한 외국 관광객들이 거제 지역으로 편리하게 들어올 수 있게 되는 것이다. 만에 하나 예정대로 김해공항이 확장되더라도 김해 신공항에서 부산 도심이나 해운대쪽으로 진입하는 것보다 거가대교를 통해 거제로 들어오는 것이 더 가깝다.

지자체의 행정력과 영업력이 뒷받침돼야

비즈니스 관광산업의 성공을 위해서는 지자체 단체장과 공무원들의 행정력뿐만 아니라 영업력이 중요하다. 지자체에서 당장이라도 시작할 수 있는 국내 비즈니스 관광 사업으로는 대기업의 연수원 유치가 있다.

동부면에 있는 KT 연수원에는 일 년에 약 5만 명이 넘는 직원들이 와서 연수를 받고 간다. 다른 기업의 연수원을 더 유치하면 거제 지역 경제에 큰 도움이 될 수 있다. 지자체에서 기업을 상대로 연수원 유치를 위한 영업과 행정적 지원을 과감하게 한다면 기업들도 관심을 보일 것이다.

사실 거제에는 국제적인 행사를 치를 만한 인프라가 아직은 부족하다. 거제를 세계적인 비즈니스 관광지로 만들기 위해서 현재, 매립중인 고현항 공공용지 안에 복합 문화예술 공간과 컨벤션 센터 등을 건립하는 것도 고려할 만하다. 각종 규제를 완화하고 관광특구를 지정하는 등의 행정 지원도 필요하다. 김두관 도지사 시절에 내가 제안했던 국제조선해양 엑스포 유치를 위해서도 지자체에서 더 힘을 쏟아야 할 것이다.

관광객 유입시킬 행사 기획

관광 산업 육성을 위해서는 관광객들이 관심을 가질 만한
행사의 기획도 중요하다. 나는 2005년 펭귄수영축제를 기획한
경험이 있다. 거제 관광의 비수기인 겨울에 관광객들을 불러들
일 방법이 없을까 고심하다가 생각해낸 행사였다. 여름에만 바
다에 들어가는 우리나라 사람들과 달리, 조금 쌀쌀하다 싶은 날
에도 바다에 들어가는 거제에 살고 있는 외국인들을 많이 봤다.
어느 날, 그날도 쌀쌀한 날씨에 바닷에서 수영 중인 외국인을
보다가 결혼 전 지금의 아내가 헤어지자고 했을 때 겨울 바다에
들어갔던 일이 떠올렸다. 차가운 바깥 공기와 달리 물속은 그리
춥지 않았다. 거제가 겨울에도 따뜻한 편이니 겨울에 수영 축제
를 열면 좋겠다는 아이디어가 떠올랐다.

당시 시의원이었던 나는 바로 행사를 추진했다. 거제시에 행

사 기획안을 내고 예산을 신청했더니 300만 원 정도 지원 가능하다고 했다. 참가자들에게 나눠주기 위해 대형 수건을 제작하려고 알아보니 한 개에 최하 만오천 원 정도였다. 참여 인원을 오백 명으로 잡으면 수건 값만으로 700만 원이 필요했다. 대우조선에 협찬을 요청해서 300만 원을, 삼성중공업에서는 100만 원을 협찬 받아 700만 원이 모였다. 턱없이 부족한 금액이었다. 참가비를 받자고 했다. 다들 반대했다. 돈 주고 겨울 바다에 들어가라고 해도 안 들어갈 텐데 누가 돈을 내고 들어가겠냐는 사람도 있었지만 결국, 참가비 만 원을 받기로 했다.

당시 지역구였던 옥포 2동 통장들을 모아서 설명회를 열었다. 통장들도 부정적인 반응이었다. 여러 번 설명회를 열어서 통장들을 설득해 홍보를 부탁하고 참가 신청서를 나눠줬다. 수영 협회에도 행사를 알리고 참여를 부탁하는 공문을 보냈다. 결국, 신청서가 700장이나 모였다. 인맥을 총동원해 방송과 언론에도 행사 소식을 알렸다. 이색적인 행사라 전국 방송에서도 취재를 나왔다. 결국 성황리에 행사를 마칠 수 있었고 이후 10회까지 내가 대회장을 맡아서 행사를 치러냈다.

도의원 사퇴 후에 대회장 직함도 내려놨는데 안타깝게도 이후에 참가자가 사망하는 사고가 발생하는 바람에 펭귄수영축

경남도의원 시절, '펭귄수영축제'

제가 폐지돼버렸다. 내가 행사를 진행할 때는 수난구조대원들을 곳곳에 배치했었다. 그동안 사고가 없었다고 행사 운영진이 너무 안일하게 생각했던 것 같다. 지역 행사의 성공을 위해서는 기획 단계에서의 아이디어도 중요하지만 안전을 위한 준비가 얼마나 중요한지 깨달았다.

외국인들을 유입시킬 방안

경남도의원 시절에 한중친선 행사에서 칭다오 맥주로 유명한 도시인 청도 상공회의소 소장인 니쉬만 씨를 알게 됐다. 이후 인연을 이어오던 중 2019년에는 니쉬만 씨가 청도 기업가 협회 사람들을 데리고 거제를 방문했다. 한국에 투자할 생각이 있는 40여 명의 사업가였다. 내가 2박 3일 동안 거제 곳곳을 안내했는데 청도 사업가들이 거제의 아름다운 경관에 감탄을 연발했다. 제주도에 가봤다는 이들도 다수였는데 제주 못지않다고 칭찬했다.

해금강에서는 중국 사업가들에게 진시황과 얽힌 해금강 전설을 얘기해줬다. 이 지역이 귀한 약초가 많이 난다고 해서 약초섬이라고 불렸는데, 진시황의 신하인 서불이 불로초를 구하기 위해 남녀 삼천여 명을 이끌고 여기까지 왔었다는 이야기였다. 사업가들이 진짜냐고 되물었다. 우제봉 쪽을 가리키며 절벽 아래에 '서불과차'(徐市過此, 서불 다녀가다)'라는 글이 새겨져 있었는데 1959년 태풍 '사라' 때 소실돼 지금은 희미한 흔적만 남아 있다고 말해줬다. 사업가들이 거제가 중국과의 인연이 깊다며 재미있어 했다.

건강검진 의료관광

그들과 얘기를 나누면서 몰랐던 것도 알게 됐다. 흔히 중국인들은 한국의 의료 중 성형 수술에만 관심이 높은 걸로 알고 있지만 의외로 건강검진에 대한 관심이 높았다. 자국의 의료 기술을 못 미더워 해서 외국에서 건강검진을 받고 싶어 하는 사람이 많다고 했다. 향후 거제 지역 병원과 연계한 건강검진 의료관광을 추천해보기로 했다.

사업가들은 거제 지역에 관심을 많이 보이면서 땅값과 한국 영주권에 대한 문의도 많이 했다. 안타깝게도 아직 거제 지역에서는 투자 이민을 받지 않고 있다고 대답할 수밖에 없었다. 우리나라는 2010년 제주도에서 투자 이민제가 시작된 이래 몇 군데에서 시행되고 있지만 경남에는 아직 한 군데도 없다. 투자 이민제는 외국인이 특정 지역 부동산 또는 특정 금융상품에 5억 원 이상 투자 시 국내 거주비자를 발급하고 이후 5년이 지나면 영주권을 주는 제도이다. 투자 이민으로 영주권을 받은 이들의 국적을 살펴보면 중국인이 93%로 압도적으로 많다.

투자 이민의 필요성

거제 지역에도 투자 이민을 받을 필요가 있다. 거제 지역이 외국인 투자 이민이 가능한 지역이 되기 위해 법률을 개정할 필요는 없다. 시장이나 도지사가 법무부와 협의하면 해결 가능한 문제다.

제주도의 경우 외국인들이 무분별하게 땅을 산 뒤 개발을 하지 않고 방치하는 부작용이 나타나기도 했지만 이를 미리 방지하는 단서 조항을 붙이면 된다. 토지 매입 후 일정 기간 안에 건물을 지어야 영주권을 준다는 조건을 붙이면 된다. 외국인들이 관광을 위해 거제를 찾게 하는 것도 중요하지만 이러한 투자 이민을 통해 외국 자본이 지역으로 유입될 수 있도록 투자 이민 제도를 적극 활용해야 한다.

가덕도 신공항 유치

도의원 시절부터 동남권 신공항으로 김해공항을 확장하는 것은 적합하지 않다고 주장해왔다. 도의회에서 여러 대학 교수들과 세미나를 열어 국제 관문 공항이 될 동남권 신공항의 최적지가 어디인지에 대한 토론도 벌였고 신공항 최적지는 가덕도라는 내용을 언론과 방송에서도 여러 번 얘기했다.

국토교통부는 2016년 영남권 항공 수요를 충당하기 위해 신공항 후보지로 거론됐던 경남 밀양이나 부산 가덕도에 신공항을 짓지 않고 기존 김해공항을 확장하기로 했다고 발표했다. 그러나 많은 전문가들이 지적하듯 김해 신공항은 문제가 많다.

김해 신공항의 문제점

　김해 신공항의 첫 번째 문제는 안전하지 않다는 점이다. 신설 예정인 활주로와 기존 활주로가 V자 형태이고 새 활주로가 만들어지면 이·착륙하는 비행기가 인근의 경호산, 임호산과 충돌할 위험도 있다. 2002년 김해 돗대산과 충돌한 중국 민항기 참사가 재연될 수도 있는 것이다. 만일 이 두 산을 안전한 높이까지 깎게 되면 사업비가 3조 가까이 추가로 들게 된다.

　또한 김해 신공항은 국제적인 관문 공항의 기본 조건인 24시간 운영이 불가능하다. 서측 활주로가 마을에 인접해 있어 소음 피해 지역이 넓기 때문이다. 김해 공항은 현재도 해마다 소음 피해보상금으로 많은 예산이 나가고 있다. 이대로 김해 신공항 확장이 관철되면 장기적으로 타 지역 건설안보다 비용이 훨씬 더 많이 들어가게 된다.

　국제 관문 공항은 유동량이 많아지면 확장할 수 있는 지역에 들어서야 한다. 하지만 김해신공항은 이미 두 번이나 확장을 했고 신공항으로 확장이 되면 더 이상은 확장할 수가 없다. 신설 예정인 활주로는 서북쪽으로는 서낙동강이 붙어 있고 동남쪽으로는 남해 제2 고속도로 지선이 지나가기 때문이다.

2017년, '경남미래발전연구소' 주최 경남권 신공항 관련 토론회

2019년, 가덕 신공항 관련 토론회에 패널로 참석

가덕도 신공항의 장점

가덕도 신공항의 장점은 따져 보면, 먼저 해상 공항이기 때문에 비행기 이·착륙 시 장애물이 전혀 없어 안전하다. 공항이 주거단지와 멀리 떨어져 있어 소음 문제가 적고 부산 신항과 연계해 복합 물류 체계를 구축할 수 있다. 또한 준공 후 유동량이 증가하면 확장도 수월하게 할 수 있다.

가덕도에 신공항이 들어서면 우리 거제가 국제 관광지로 부상할 수 있다. 거가대교를 통해 외국인 관광객들이 단시간에 거제로 들어올 수 있기 때문이다. 거제뿐 아니라 통영, 고성, 남해, 진주, 사천, 김해, 창원시까지도 1시간 내에 이동이 가능하다. 경남의 50% 가까이가 근접한 위치인 것이다.

가덕도 신공항의 이러한 여러 장점을 무시하고 예정대로 김해 신공항이 준공된다면 안전하지도 않고 국제적인 관문 공항이라고도 할 수 없는 반쪽짜리 국제공항이 될 것이다.

저도 반환

시의원 시절, 대통령 별장 '청해대'가 있는 저도 반환을 처음으로 제안했다. 도의원 시절에도 저도 반환에 대해 도정 질문을 하고 세미나를 개최하기도 했다. 일반인에게는 보안상의 이유를 들어 개방하지 않으면서 국방부 고위 장성들은 저도에서 휴가를 즐겼다는 사실도 지적했다.

지역민들과 함께 꾸준히 저도 반환 요구를 한 덕분에 문재인 대통령의 공약에 저도 개방이 포함될 수 있었고 2019년 9월부터 일 년 동안 저도를 시범 개방하게 됐다. 하지만 산책로와 모래해변 등 일부만 개방되고 '청해대'는 개방되지 않았다.

한시적이고 부분적인 개방을 전면 개방으로 바꾸고 나아가 저도 소유권을 국방부에서 거제시로 돌려받기 위해 앞으로도 지역민과 함께 계속 노력할 것이다. 이는 거제 관광 활성화를 위해서도 꼭 필요하다.

충북 청주의 대통령 별장 '청남대'는 개방 이후, 연간 몇 백만 명의 관광객이 찾는 명소가 됐다. 청해대가 있는 저도도 개방하면 분명 국민적인 관광지가 될 것이다. 저도를 거제 북부권의 진정한 관광명소로 만들기 위해 앞으로도 계속 노력할 것이다.

'남부내륙 고속철도'

'남부내륙 고속철도(서부경남 KTX)'는 김천과 거제를 잇는 고속철도이다. 2019년 1월에 국토교통부가 남부내륙 고속철도를 정부 재정사업으로 확정되고 예비타당성 조사도 면제한다고 발표했다. 2019년 12월에는 이 철도의 기본설계 용역비 150억이 국회 본회의를 통과해 2020년 예산에 반영됨에 따라 경남도민의 숙원사업이 드디어 본격적으로 시작됐다. 교통 복지 확대와 국가 균형 발전이라는 의미에서 반길 만한 소식이다.

2022년 착공, 2028년 완공 예정인 이 철도가 순조롭게 완공되면 거제와 창원에서 출발해 김천을 거쳐 서울까지 고속철도로 이동이 가능해진다. 남해안과 수도권이 두 시간대로 연결되고 거제에서 서울까지는 2시간 30분이 걸리게 된다. 제조업과 조선업 불황으로 전반적 경기 침체에 빠진 서부 경남권 경기

남부내륙 고속철도 노선도

가 활기를 띠게 될 것으로 기대된다. 관광객 증가와 일자리 창
출도 기대할 수 있다.

거제가 종착역으로 확정됐지만 역의 위치는 아직 확정되지
않았다. 이는 기본설계 과정에서 정해지는데 2020년 연내에는
확정될 것으로 예상된다. 남부내륙 고속철도는 100% 여객 운
송 수단이다. 고속철도에 화물철도가 들어가면 고속으로 달릴
수 없기 때문이다. 따라서 거제의 관광산업을 활성화시키기 위
해 관광객 편의를 최우선으로 하는 위치에 종착역이 들어서야

한다.

　침체된 거제 경기를 부양시키기 위해서도 고속철도의 조기 착공, 완공은 반드시 필요하다. 남부내륙 고속철도가 예정대로 차질 없이 착공되도록, 나아가 예정보다 빠르게 착공되도록 지자체와 지역민과 함께 노력할 것이다.

사곡만 해양플랜트 국가산업단지 지연 문제

사곡만 해양플랜트 국가산업단지 사업은 거제시 사등면 사곡리 일대에 총사업비 1조 7340억 원을 들여 대규모 조선업 관련 국가산업단지를 조성하는 사업이다. 사업비는 전액 민자로 조달하고 민관 합동 특수목적법인(SPC)인 거제해양플랜트 국가산업단지(주)가 시행하는 사업이다.

이 사업은 국토교통부와 최종 협의 단계에서 만 2년째 제자리걸음이다. 2018년 1월에 국토교통부가 거제시에 대우조선과 삼성중공업 등 관련 대기업 참여 등 계획 보완을 요구한 이후로 사실상 진척이 없는 상태다. 양대 조선사는 조선 경기 침체로 해양플랜트 수주가 줄어들면서 대규모 사업 용지가 필요한 일이 줄어든 데다가 사업 비중도 상선 위주로 바뀌면서 투자를 꺼리고 있는 상황이다.

    국토교통부는 미분양을 우려해 전국의 국가산업단지 수급을 조정하고 수요 검증을 철저히 하겠다는 방침이어서 산업단지 승인은 더욱 불투명해졌다. 평당 가격이 192만 원으로 높게 책정되어 조선 관련 중소기업의 투자가 어려운 것도 문제이다. 산업단지의 조성 목적은 저렴한 가격으로 공장용지를 공급하는 데 있는데 지금과 같은 사업 방식으로는 국가산단이 과연 조성될 수 있을지 의문이 든다. 다른 대안을 찾아야 한다.

    대안으로는 해당 지역에 남부내륙 고속철도 역사를 유치하거나 조선해양 엑스포를 유치하는 것을 검토해볼 수 있을 것이다.